KB178122

괜찮지 않을 때는
그렇다고 말해줘요

괜찮지 않을 때는
그렇다고 말해줘요

유인숙 안혜림 장은정 장시온 최다솔 김주희 레서판다

 내 인생인데 뭐가 어때요?
엉망진창처럼 보여도 열심히 꽃 뿌리며 걷고 있습니다.

키효북스

마침표는 새로운 시작점

그런 글이 있습니다. 첫 문장을 읽고 한없이 멈추게 되는 글. 그럴 때면 깊은 심호흡을 합니다. 이어 두 번째 문장부터는 멈추지 않고 읽어 내려갑니다. 「괜찮지 않을 때는 그렇다고 말해줘요」에 수록된 글들이 제게 그랬습니다. 아마 이 책의 마침표를 찍기까지 얼마나 고단한 시간을 견뎌내고 마주했을지 어렴풋이 짐작하기 때문이겠죠.

글쓰기는 필연적으로 '나'를 관통합니다. 화면 위 커서가 깜빡할 때마다 밀려오는 막막함은 필력이 부족해서가 아니라 내면을 마주 볼 자신이 부족해서라고 생각합니다. 똑바로 마주하며 글 쓰는 일이 얼마나 어려운 일인지 압니다. 저 역시 언제나 그랬고, 쓰는 사람으로 살아가는 모두가 그러니까요. 그럼에도 불구하고 우리는 멈추지 않고 글을 써야 한다고 말하고 싶습니다. 숨쉬기도 어려웠던 글이 결국엔 내 숨을 토해내는 길을 알려주기에. 마지막 페이지를 끝내고 편안하게 내쉬는 숨처럼, 우리의 아픔도 이별도 기억도 모두 저 멀리 날아가길 바라고 또 바랍니다. 두 팔로 꽉 안아주고 싶은 글을 써준 우리 책쓰게 5기에게 다시 한 번 축하를 전합니다.

2020년이 출간의 기쁨으로
조금은 따스하게 기억되길 바라며
김한솔이 작가

유인숙

대책 없는 긍정주의자. 자주 마시고 자주 먹고 종종 떠남. 빵보다 밥이 좋고 커피보다 술이 좋지만 사람과 사랑은 둘 다 좋다! 술 한 잔에 사람과, 술 한 잔에 사랑과, 술 한 잔에 흑역사를 글로 쓰고 그립니다.

인스타그램 @shugiroun

술 헤는 밤 *

　　서른이 넘어가면서 제2의 직업에 대한 고민이 생겼다. 콘텐츠 하나만 잘 만들면 대박 나는 시대인데. 내가 잘하는 것과 잘 할 수 있는 것이 뭐가 있을까. 나만의 콘텐츠를 만들고 싶었지만 글도 그림도 사진도 영상도 영 어중간한 실력이었다. 남들보다 잘하는 게 하나쯤은 있지 않을까? 머리를 쥐어짜도 떠오르는 것이 없었다. 친구와 술을 한잔하며 고민을 나눴다. "남보다 잘하는 거 있잖아! 술! 주량!"이라며 단박에 명쾌한 답변을 주었다. 고개를 끄덕였다. 그럼 술집을 차려야 하나? 친구들 말처럼 술 마시며 하는 유튜브 방송을 해야 하나? 아…. 웃어야 할지 울어야 할지. 몇 날 며칠을 진지하게 고민한 나 자신이 우스울 지경이었다. 친구의 말처럼 술이라면 누구보다 자신 있었다. 지난 10년 동안 꾸준히 최선을 다해 술을 마셨다. 내가 무언가를 이렇게 꾸준히 해 온 일이 있던가? 아니 없다. 나는 술을 사랑하는가? 그렇다. 나는 술에 대해 항상 진심이었다. 술을 떠올리니 무궁무진한 글감들이 쏟아져 나왔다. 술을 주제로 하면 명문장을 마구 뽑아 낼 수 있을 것 같은 자신감이 차올랐다. 하지만 막상 글을 쓰려고 하니 '술 마시는 일' 말고는 술에 대해 아무것도 몰랐다. 전문지식도 없었고, 평범한 미각이라 술맛을 표현할 줄도 몰랐다. 됐다. 아 이 것도 아니었나 보다. 글은 뭐 아무나 쓰나. 그냥 술이나 마시자. 초봄의 일이었다.

선선한 바람이 불어온다. 여름이 지나 가을이 오고 있다. 우리 술꾼들은 가을을 노상의 계절이라고 말한다. 오래된 노포의 간이 테이블에 자리를 잡고 이모 닭발이랑 잔치국수 하나요! 외치면 세상에서 가장 낭만적인 가을밤이 된다. 빈 병이 늘어 갈수록 알딸딸하니 기분이 좋다. "네가 있어서 다행이야. 동네에 술친구가 있다는 게 이렇게 좋을 때가" 친구의 말을 듣고 잠시 생각에 잠겼다. 그 말은 더없이 정확했다. 나는 '술'이 아니라 '함께 마시는 술'이 좋았다. 안주를 나눠 먹고 술잔을 부딪치는 일. 오래도록 꾸준히 술을 마신 건 누군가 함께였기 때문이었다. 혼자 마시는 술이 허공에 하는 손짓이라면, 누군가와 함께 마시는 술은 손바닥끼리 만나 박수가 되고 하이파이브가 된다. 나와 하이파이브를 해 준 수많은 사람들. 내 인생이 박수 받을 수 있게 손뼉을 맞춰 준 소중한 사람들과의 술 헤는 밤 이야기를 써야겠다.

술버릇도 유전이 되나요?

우리 가족은 대식가다. 밥이면 밥, 고기면 고기, 술이면 술 뭐든 잘 먹고 잘 마신다. 오빠가 자취를 시작하기 전까지 야식으로 치킨 두 마리가 기본이었다. 나는 4인 가족이라면 다들 치킨 두 마리쯤은 먹는 줄 알았다. 어느 날 수다를 떨다가 친구네 가족은 치킨 한 마리를 반도 못 먹고 남긴다는 이야기를 듣고 매우 충격 받았었다. 어떻게? 어떻게 치킨 한 마리를 남길 수 있지? 청소년 시절, 다름의 개념을 잘 모를 때였다. 우리 가족이 당연하고 쟤네 가족은 이상하다고 결론지었었다.

백령도에서 학창 시절을 보낸 나는 방학 때면 가족들과 함께 육지 나들이를 나왔다. 오후 12시쯤 배를 타면 저녁 5시쯤 도착하는데 아빠는 인천에 오면 제일 먼저 롯데리아 햄버거를 먹으러 가자고 하셨다. 우리 가족이 치킨 2마리를 다 먹을 수 있었던 건 치킨과 햄버거를 좋아했던 아빠의 식성 때문이었다는 걸 나중에서야 알았다. 다행히도 2년여 전에 백령도에도 롯데리아가 생겼다. 이제 인천에서 롯데리아를 먹지 않아도 된다.

아빠는 밥과 군것질만큼이나 술도 많이 드셨는데, 모내기나 추수철에는 아침에 나가서 저녁까지 술을 드셨다. 농번기에 논길을 지나가다 보면 어느 집 논에나 새참이 준비되어 있고, 식사 시간에도 반주가 빠지지 않았다. 온종일 술을 드시고 집에 오면 뻗어서 주무실 법도 한데 아빠는 꼭 술상을 봐오라고 했다. 아빠의 술버릇이었다. 김치와 밑반찬 몇 가지를 꺼내 상을 차리고 아빠 옆에 앉으면 레퍼토리가 시작된다. 새벽부터 시작되는 고된 노동의 힘듦, 아빠의 전성기, 엄마에 대한 불만 등 몇 번이고 들은 이야기지만 못 들은 척 처음 듣는 척 네네 하며 듣다가 아무것도 모르겠다는 엉뚱한 얼굴로 묻는다.

— 하루 종일 술 먹고 술이 또 들어가?

— 아빠는 아랫동네에서 집에 오는 동안 술이 다 깨

— 무슨 술이 그렇게 빨리 깨. 지금도 취해 있는데?

— 야 남들은 아빠처럼 먹으면 벌써 다 죽어죽어

아랫동네에서 집에 오는 동안 술이 깬다는 아빠의 말을 믿을 수 없었다. 길어야 15분, 20분인데 말도 안 된다고 생각했다. 아빠는 술을 많이 마셔도 금방 깨서 괜찮다고 늘 말했다. 사실 아빠는 소주 수십 병을 마실 만큼 주량이 센 건 아니었다. 온종일 술을 마실 수 있었던 건, 중간에 일을 하거나 이동을 하는 시간 동안 술이 깼기 때문이었다. 엄마도 항상 했던 말이다. "너희 아빠는 술이 빨리 깨".

아빠의 말을 이해하게 된 건 스무 살이 되어서였다. 서울로 대학교를 가게 된 나는 전철로 30분 정도 거리에 자취방을 얻었는데, 학교에서 고주망태가 되도록 술을 퍼마셔도 전철 타고 집에 오면 딱 한 잔이 아쉬웠다. 아… 아빠가 집에 와서 술상을 찾던 게 바로 이거였구나. 내 술버릇은 술이 술을 마시는 거였다. 나는 아빠처럼 꼭 한 잔을 더 마셔야 직성이 풀렸다. 고향 친구들 대부분이 나처럼 인천에서 자취를 했다. 전철에서 내리기 전 연락을 돌려 주변에서 술을 먹고 있는 친구들을 찾아갔다. 약간의 취기가 남아있었지만 새로운 자리에서 또 열심히 술을 마시고 집에 들어갔다. 밤늦게까지 이어진 술자리에 오전 수업은 결석하기 일쑤였지만 술이 술을 부르는 술버릇은 잘 고쳐지지 않았다. 찾아갈 술자리가 없으면 참치김밥에 맥주 두 캔을 사 들고 집에 들어갔다. 한 잔이 못 내 아쉬운 내 모습에서 아빠가 보였다. 술버릇도 유전이 되는 걸까?

아빠는 요즘 새로운 술버릇이 생겼다. 인천에 오면 딸내미와 꼭 술을 마시고 싶어 한다. 예전부터 아빠의 작은 로망 중 하나는 며느리와 술 마시기, 사돈과 술 마시기였는데 새언니는 술을 한 모금도 못 마시고 사돈어른께서는 건강이 안 좋아지셔서 술을 끊으셨다. 오빠는 또래보다 결혼을 일찍 해서 애가 둘이나 있다 보니 술 마시는 게 여의치 않았다. 술 좋아하는 막내딸은 자연스레 아빠의 제일 편한 술친구가 되었다. 퇴근길에 아빠가 좋아하는 옛날 통닭을 한 마리 튀겨와 소주를 함께 마신다. 젊은 시절 대단한 주량과 먹성을 자랑하던 아빠도 예전 같지 않다. 둘이서 소주 3병은 아쉽다며 4병째를 따더니 반병을 채 마시지 못하고 먼저 잠자리에 드셨다. 요즘은 소화가 잘 안 돼서 밥도 많이 못 먹는다는 아빠의 말이 떠올랐다. 나이가 드는 건 어쩔 수 없는 일이구나. 씁쓸한 입맛을 다시며 남은 통닭과 소주 반병을 마저 먹는다. 아빠의 마지막 희망은 사위와 두런두런 술을 마시고, 마음 잘 맞는 사돈댁을 만나 백령도에 초대해 근사한 술상을 대접하는 것이다. 아빠의 주량이 더 줄기 전에 술 잘 마시는 사위를 대령해야겠다.

술과 물고기와 개불 뺀 해산물 모둠

대학교 1학년 때였다. 전공필수 수업이 끝나고 오랜만에 환한 대낮에 집으로 돌아가는 길이었다. 인천행 열차를 기다리는데 한 살 많은 동기 S가 옆에 있었다. 학과가 작다 보니 웬만한 동기를 거의 알고 있지만 S는 같이 듣는 수업이 많지 않아 얘기를 나눠 본 일이 별로 없었다. 인천에 사는 건 알고 있었는데 하굣길이 겹친 건 처음이었다. 인천행 열차에 올라 서로의 신상을 공유하며 주안역에 도착했다. 6시가 조금 안 된 시간. 슬슬 배가 고프던 참이었다.

– 너 물고기 좋아해? 우리 물고기 먹으러 갈래?

'뭐 이런 언니가 다 있지? 물고기 좋아해'라니. 우리는 그렇게 회를 먹으러 갔다. 나는 우럭파였고 언니는 뭐든 상관없다고 했다. 우럭小와 해산물 모둠을 시켰다. 미역국과 스끼다시로 한 병을 비우고 나니 우럭 회가 나왔다. 서빙하던 이모는 아가씨들이 회 나오기도 전에 한 병을 다 마셨냐고 너스레를 떨며 미역국을 리필 해 주셨다. 도톰하게 썰린 우럭 회는 맛있었고 S와의 시시콜콜한 대화도 재밌었다. 세 병쯤 비워 갈 때 해산물 모둠이 나왔다. S는 눈살을 찌푸리며 이거 개불이냐고 이모에게 물었다. 모둠 메뉴에 개불이 들어간 줄 알았으면 안 시켰을 거라고 했다. 개불이 왜 싫으냐고 물었다. S는 예술고등학교 영화과를 나왔는데, 친구의 졸업 작품에 개불이 소품으로 쓰인 뒤로 쳐다보기도 싫다고 했다. 그 작품의 앵글은 사람의 허리 높이에서 시작됐다. 편견, 차별 등을 익숙지 않은 높이의 시선으로 표현한 영화였는데 맨 마지막 장면에서 "나는 고추다!"라고 외치며 무언가 벌떡 서며 끝이 난다고 했다. 고추의 시선으로 바라본 세상이었던 것이다. 그때 사용된 소품이 바로 개불이었다고 한다. 그 뒤로 S는 개불만 보면 거기가 생각난다고 했다. 나는 그날 개불을 처음 먹어봤는데 꼬득꼬득한 식감이 정말 일품이었다. S에겐 미안하지만 혼자 다 먹을 수 있어서 살짝 좋았다. 그리고 다행이었다. 잘린 개불을 먼저 봐서. 그 후로도 우리는 숱하게 술과 물고기와 개불 뺀 해산물 모둠을 먹으러 다녔다. 우리에겐 개불만큼의 차이만 있을 뿐 모든 것이 척척 맞는 소울메이트라고 생각했다.

개불만큼의 차이가 얼마나 큰 것인지 이십 대 후반쯤 알게 되었다. 한동안 S를 만나지 않았던 적이 있다. 나는 생각나는 말을 바로바로 내뱉는 편이고, S는 작은 단어에도 상처를 받는 사람이었다. S는 신념에 거슬리는 단어가 나오거나 생각이 조금 다를 때면 감정을 숨기지 못하고 고스란히 드러냈다. 몇 번은 그러려니 하고 넘어갔지만 날 선 반응이 쌓이면서 자연스레 연락 하지 않게 됐다. 몇 개월이 지나 S에게 먼저 연락이 왔다. 물고기 먹으러 가자고. S는 스트레스가 많았고 정신과 진료를 받았으며 아직 약을 먹고 있다고 했다. 나는 뭐라고 말해야 할지 몰라 약 먹는데 술 마셔도 괜찮냐고 물었다.

술 마시려고 약 안 먹고 왔다며 술잔을 드는 S와 건배를 했다. 왜 진료를 받았는지 묻지 않았지만 처음 개불 얘기를 해주던 날처럼 자신의 이야기를 해주었다. 상황에 대한 해답들이 생각났지만 입 밖으로 내지 않았다. 지금 S에게 필요한 건 공감의 말임을 알 수 있었다. "힘들었을 텐데 얘기해 줘서 고마워" 이 한마디를 생각하느라 대화에 마가 떴지만 칼날 같은 대답보다 훨씬 나은 선택이었다. 처음 물고기를 먹던 날 보다 더 처음인 것 같은 술자리였다.

　S는 아직도 개불을 먹지 않는다. S는 15년 전 느낀 감정을 잊지 않는 사람이고, 나는 15일 전 일도 잘 기억하지 않는 사람이다. 우리에겐 여전히 개불만큼의 차이가 있지만 상관없다. 술과 물고기와 개불 뺀 해산물 모둠을 시키면 되니까!

김치찌개 女와 야구점퍼 男

우리는 자타공인 쿵짝이 잘 맞는 커플이었다. 내 친구들은 우리가 대화하고 있는 모습만 봐도 재미있다고 했다. 개떡같이 말해도 찰떡같이 알아듣는, 핑하면 퐁하고 돌아오는 티키타카가 잘 맞았다. M과는 처음 만난 날부터 그랬다.

2012년 4월 7일. 고향친구 승재가 술을 먹자며 불렀다. 그날은 승재와 내 대학동기 신영이가 사귄지 일주일 되던 날이었다. 짜식들. 둘이 아직 어색하니까 날 부르는 거군. 피부과 시술을 받고 각질이 일어나 볼 성 사나운 꼴이었지만, 열심히 주접을 떨어 너희의 어색함을 날려주겠다는 대인배의 마음으로 술자리에 나갔다. 너네 손은 잡았냐며 실없는 농담으로 분위기를 띄우고 있는데 신영이가 대뜸 누가 또 올 거라는 의미심장한 말을 던졌다. 오긴 누가와 무슨 말도 안 되는 소리를 하고 있어. 설마 남소는 아니지? 지금 내 꼬라지를 봐. 만나긴 누굴 만나. 횡설수설 주접을 떨고 있을 때 야구점퍼에 야구 모자를 눌러쓴 M이 왔다.

2차로 자리를 옮겼다. 소주를 시키고 슬슬 시동을 걸어 본격적인 호구조사에 들어갔다. M은 승재의 군대 동기로 우리와 동갑이었다. 인천토박이에 야구 명문인 동산고등학교를 나왔고, 깨비라는 미니핀을 키우고 있으며 모태솔로였다. 동산고 알아! 교복 예쁜 곳, 나도 강아지 키우는데 뭉이라고 화이트 슈나우저야. 시시콜콜한 리액션을 날리며 안주를 덜어주었다. 호의라기 보단 그냥 습관이었다.

2012년 4월 8일. 새벽 3시가 넘은 시간이었다. 우리 집에서 자고 가기로 한 신영이와 신영이를 데려다 주는 승재, 그리고 집에 갈 타이밍을 놓친 M까지. 넷이서 함께 걸었다. 아까의 농담을 의식한 건지 신영이와 승재는 손을 잡고 걸으며 너네도 손잡으라고 장난을 쳤다. M은 "우리도 손잡을까?"묻더니 덥석 손을 잡았다. 나보다 저 둘이 더 놀란 눈치였다. 쟤네 뭐지? 라는 표정으로 우리를 훑어보더니 저 멀리 앞서 걸어갔다. 2차로 간 호프집에서 우리 집까지는 8분 거리였다. 시간이 너무 짧았다. 빙글빙글 단지를 돌다가, 집 앞 놀이터에서 그네를 타다가 해가 뜰 때 즈음에야 집에 들어갔다. 그날부터 우리는 1일이 되었다.

처음 만난 날 사귀었다고 하면 다들 첫눈에 반했냐고 묻는다. 일단 나는 아니었다. 혹시 싶어 M에게도 물어봤다. 반한 거 까진 아니고 안주를 덜어주는 모습에 호감을 느꼈다고 했다. 자신에게 안주를 덜어 준 건 내가 처음이라며. 엥? 그거 그냥 습관이었는데? 라고 목구멍까지 차올랐지만 그냥 웃었다. 나는 그날 M이 입고 나온 야구점퍼가 마음에 들었다. 고등학교 얘기까지 듣고 나니 왠지 야구를 하는 건 아닐까 기대도 했었다. 나중에 들어보니 M은 야구의 이응자도 모르며 농구를 좋아 한다고 했다.

**"남녀가 만나기 위해서는 세 가지 ing가 필요하다.
Timing, Feeling, Happening"**

2007년 방영 된 이정진, 수애 주연의 〈9회말 2아웃〉에 나오는 대사가 생각난다. M과 처음만난 날이 그랬다. 엉성했던 첫 만남은 세 가지 ing가 절묘하게 화학작용을 일으켜 사랑이 되었다.

KDB금고 – 우정을 맡기면 소주를 이자로 드려요

인생에서 절대 돌아가고 싶지 않은 시기를 꼽으라면 0.1초의 망설임도 없이 취업준비생 시절을 꼽겠다. 수험생 시절은 무슨 공부를 해야 할지 알고 목표를 바라보며 버틸 수 있다. 이별한 다음날. 슬프긴 하지만 슬픈 이유가 명확하니까 그저 슬퍼하기만 하면 된다. 그러나 취업준비생은 답이 없다. 노력을 해도 결과를 장담 할 수 없다. 내 취업은 회사 마음이니까. 반복되는 탈락에 멘탈도 좀먹는다. 다시는 돌아가고 싶지 않은 그 시기. 바닥난 자존감, 구멍 난 멘탈을 버틸 수 있게 해 준 구원같은 친구들이 있었다. 그때 너희가 사준 술이 아니었으면 진짜 월미도 바다에 뛰어들었을 거야 웃으며 말한다. 그런데 이 친구들. 단전부터 끌어올린 내안의 진정성을 모두 담은 이 한마디가 얼마나 진지한지 잘 모른다. 이 글을 보고 좀 깨달았으면 좋겠다. 내가 정말 너희 덕분에 살았다고.

나를 품기엔 이 회사는 너무 작아. 나는 더 큰 그릇이야. 근거 없는 자신감에 가득 차 졸업하자마자 들어갔던 회사를 1년 1개월 만에 퇴사 했다. 때마침 자신감에 날개를 달아주듯 이직 제의가 들어왔다. 나에겐 미리 끊어 놓은 비행기 티켓과 30일 간 하루도 빼놓지 않고 예약 된 숙박 리스트가 있었기에 정중히 거절했다. 그럼 한 달 뒤부터 출근해도 된다는 배려까지 해 주셨건만. 이직 제의도 받아 본 난데, 언제고 마음만 먹으면 취직쯤이야 콧방귀를 뀌며 한 번 더 거절했다. 나는 유럽으로 배낭여행을 떠났고 30일 뒤 귀국했다. 근자감 넘치게 자발적 백수가 된 주제에 여행 일정은 왜 그리 속 좁게 잡았을까. 아쉬운 마음에 워킹홀리데이랍시고 백령도에 가서 슬렁슬렁 밭일을 도우며 한 달을 더 보 낸 후 본격적인 구직활동을 선언했다. 곧 취업하리라는 포부와 달리 취업준비 기간은 생각보다 길어졌다. 돈도 없고 할 일도 없던 취준생의 유일한 낙은 K, D, B와 술을 마시는 것이었는데, 고향친구인 우리 넷은 한 번 모였다 하면 아침까지 음주가무를 즐겼다. 그렇게 음주가무와 취업준비를 병행한지 4개월이 지났다. 슬슬 조바심이 들었다. 서류는 넣는 족족 탈락이었고 통장 잔고와 함께 자존감도 바닥을 보일 때 쯤 면접 보러 오라는 연락을 받았다. 가고 싶었던 공연 기획사였다. 인천에서 강변역까지 왕복 4시간의 거리는 중요하지 않았다. 면접을 보고 돌아오는 길에 KDB를 소집했다. 오늘 면접은 완전 성공적인 것 같으니 미리 축배를 들자. 몇 달간 얻어먹던 것을 오늘 다 갚겠다고 큰소리 쳤다. 15만원이 훌쩍 넘는 금액에 친구들은 더치페이를 제안했지만 거절했다. 그날은 정말 다 사주고 싶었다. 그리고 그 마음은 채 하루가 가지 않았다. 다음날 기획사에서 연락이 왔다. 저희 회사와는 함께 하실 수 없을 것 같다고… 망연자실도 잠시. 어제 긁은 술값이 생각났다. 아…. 그냥 못 이기는 척 더치페이 할 걸. 넷이서 나누면 큰 금액은 아니었는데. 후회가 물밀 듯 밀려왔지만 차마 이제와 친구들에게 돈을 달라고 할 수 없었다.

김칫국 골든벨을 울린 후 궁핍은 일상이 되었다. 간신히 녹취 아르바이트를 구해 생활비를 충당했다. 이제 정말 구질구질한 취준생 시절을 벗어나야 했다. 나인지 아닌지 모를 인물을 창조해 자기소개서를 쓰고 내 기여도가 1%라도 있는 일은 포트폴리오에 죄다 적어 넣었다. 한 걸음 뗄 때 마다 더 깊숙이 빠지는 갯벌에 심장을 던져놓은 기분으로 지냈다. 술 생각이 간절했지만 친구들의 연락은 점점 피하게 됐다. 지금 또 얻어먹으면 언제 갚을 수 있을지 확신이 없었다.

K, D, B가 불쑥 찾아왔다. 너희 집 근처 고깃집에 자리를 잡았으니 핑계 될 생각하지 말고 후딱 튀어 나오라 했다. 급한 마음에 머리도 안 감고 모자를 눌러쓰고 나갔다. 친구들은 내 떡진 머리를 놀려댔다. 왜 연락도 없이 집 앞까지 왔냐고 괜스레 큰소리를 쳤다. 이렇게 안하면 네가 안 나오니까 그랬다는 D의 말을 듣고 멋쩍은 마음에 술을 들이켰다. 너희에게 맨날 얻어먹는 것이 눈치 보여 연락을 피했노라 이실직고 했다. B는 누가 사면 어떻냐며 살 수 있는 사람이 사면된다고 같이 마시는 게 중요한 거라고 했다. 왜 연락을 피했을까 후회가 됐다.

이 친구들은 내가 1년 내내 술을 얻어먹어도 군말 않고 사주고도 남은 애들인데. 함께 있는 것만으로도 마음이 풍요로워졌다. 통장 잔고는 텅텅 비었지만 든든한 KDB 금고가 있었다. 이들은 내가 맡긴 우정을 담보 삼아 무한한 이자를 소주로 제공해주었다. 아주 오랜만에 아침까지 술을 마시고 집에 들어왔다.

엄마의 취중진담

　엄마는 아빠 못 지 않게 술을 잘 드신다. 그리고 주량만큼이나 센 것이 있는데, 바로 말이다. 한동안 유행했던 성격유형검사(MBTI)에 빗대자면 엄마는 찐 (T)[1]였다. 빈말하지 않고, 교묘하게 에둘러 말하지 않는다. 사람은 진실 되어야 한다는 엄마의 신념이 말투에 드러난다. 성당에서도, 동네 부녀회에서도 뒤로 나오는 불만들을 앞으로 꺼내어 공론화 시켜 해결하는 대장부 같은 성격이다. 나는 솔직하고 거짓이 없는 엄마의 말투를 사랑하지만 한편으론 걱정이 된다. 사람들은 옳은 말인 줄 알면서도 직설적인 말투에 상처를 받고 되레 말한 사람을 상처 준 가해자로 둔갑시키기 마련이다. 특히 시골에서는 작은 일도 부풀려 소문이 난다. 엄마의 거침없는 말투로 인해 혹시라도 '누구네 엄마는 말하는 게 좀 그래' 하며 안 좋은 말들이 오고가지는 않을까 늘 걱정이 된다. 듣는 사람은 상처 받을 수 있으니 제발 순화해서 얘기하라고 잔소리를 하지만 엄마의 팩트폭격은 쉽게 고쳐 질 것 같지 않다.

팩트폭격은 가족에게도 자비가 없다. 쌀과 김치를 받고 잘 받았다는 인사가 없는 며느리에게 너는 왜 고맙다는 인사가 없니? 라고 먼저 묻고, 취업사진을 찍어 보낸 딸에게 면접장 들어가면 넌 줄 못 알아보겠다고 답장을 보낸다. 너무 많아 다 나열 할 수 없지만, 기억에 남는 최고의 폭격은 작은 고모가 할머니에게 코렐 그릇 세트를 선물했을 때였다. 온 가족이 모여 그릇을 펼쳐보고 있을 때 엄마는 말했다. "요즘 누가 저런 무늬 많은 걸 써 촌스럽게" 예쁘기만 한데 왜 그러냐며, 각자 취향이 다른 거라고, 할머니가 좋아하시면 됐다고… 이말 저말을 내뱉으며 분위기를 수습했다. 할머니 네서 돌아와 내가 폭격을 날렸다 "엄마 제발 좀!"

엄마는 술을 좋아하지만 불필요한 음주는 하지 않는다. 가끔 성당 회식이나 친구들과 모임이 있을 때만 술을 드시는 정도다. 평소 속에 담아 둔 말이 없어서 인지 술을 드셔도 술주정이 별로 없으셨는데 유일하게 취중진담을 했던 날이 있다. 내가 고등학교 3학년 때 엄마는 학교 운영위원장을 맡고 계셨다. 시골이기도 했고 그때만 해도 선생님들과 식사 자리가 종종 있던 시절이었다. 선생님, 운영위원들과 거나하게 술을 드시고 온 엄마는 집에 오자마자 화장실로 가 시원하게 속을 비우고 나오셨다. 정신이 든 엄마는 다짜고짜 너네 반에 대학 못 붙은 애들 몇 명 있냐고 물었다.

- 3명. 진현이, 수한이, 나. 그건 왜?
- 운영위원장 딸만 대학 못 붙어서 다들 눈치 보느라 술도 못 마시더라 이년아. 그래서 엄마만 열심히 마시고 왔다. 잘해 이년아

운영위원장 딸이 대학에 못 붙었기 때문에 좋은 대학에 합격한 어머니들에게 인사를 건 낼 수 없는 어른들의 세계를 그때 알았다. 엄마가 얼마나 속상했을지 한마디만 들어도 알 수 있었다. 우리 학년은 정원이 50여 명

이었는데 취업 한 친구들 4~5명을 제외하고 대부분 수시로 대학에 진학했다. 수능이 끝난 후 정시 발표를 기다리는 건 나를 포함 3명뿐 이었다. 재수할 자신은 없었다. 가, 나, 다군 다 떨어지면 전문대에 갈 생각이었다. 평소의 엄마라면 마음에 안 드는 점이 있으면 몇 번이고 폭격을 날렸을 텐데 대학 문제에 있어서는 별 말씀이 없으셔서 큰 이견이 없는 줄 알았다. 4년제 갔으면 좋겠다고 말하면 부담 갖고 혼자 속앓이를 할까 봐 아무 말도 안 하셨던 것이다. 그런 엄마 마음도 모르고 다 떨어지면 전문대 가면 된다는 허허 실실한 소리나 하고 있는 딸이 얼마나 답답했을까. 엄마는 다음날 술이 깬 이후로 정시 발표가 마무리 되는 날까지 잔소리 한 번 하지 않고 끝까지 기다려주셨다. 나는 나군에 쓴 대학에 붙었다. 나군은 유일하게 성적에 맞춘 학교가 아니라 내가 가고 싶은 과를 썼던 곳이었다. "잘했네. 수고했어. 너는 거기가면 잘 할 거야. 신방과가 너한테 딱 맞아" 폭격용인 줄만 알았던 팩트가 위로가 되어 날아왔다.

여전히 엄마의 주 무기는 팩트폭격이지만 대학문제

로 한마디를 날렸던 그날은 취중진담이었던 것 같다. 사실을 기반으로 상대방의 정곡을 찔러서 아무 말도 할 수 없게 하는 팩트폭격이 아닌 술에 취한 동안 털어놓는, 진심에서 우러나온 말이었다. 팩트폭격과 취중진담은 한 끗 차이다.

---

1) MBTI 검사 중 사고형(T)과 감정형(F) 구분 중 하나. 사고형은 객관성과 논리에 초점을 맞추는 논리적성향이이며 효율성을 중시한다. 감정표현에 예민하고 공감적인 성향과 사람을 중시하는 감정형과 반대다.

평범한 이별

　M과는 7주년하고 두 달을 더 사귄 뒤 헤어졌다. 결혼을 약속한지도 딱 두 달 째 되는 날이었다. 그러니까 이별을 예상한 건 그보다 며칠 전 이었고 붙잡아 보려는 노력도 했지만 결국 헤어지고 말았다.

　연애초반 우리는 365일 중 360일 정도를 만났다. 학교가 끝나면 만났고, 학교 가기 전에 만났고, 학교를 안 가고 만났다. 매일매일 붙어 다니며 작고 소소한 일들을 함께 했다. 매일 만나 밥 먹고 커피 먹고 술 먹는 게 기본이었다. 미용실에 같이 가거나 서로의 옷을 골라주고 연습장에 샤프하나까지 같이 쇼핑했다. 심지어 치과 치료도 함께 받으러 다녔다. 우리는 서로의 일상이었다.

친구나 가족처럼 너무 설렘 없이 지내는 건 아닐까 고민도 많았지만 쓸 때 없는 생각이었다. 나는 M과 노는 게 제일 재밌었고 함께하는 모든 것들이 즐거웠다. 우리는 잘 싸우지도 않았다. 술을 마시면 종종 말다툼을 했는데 반나절 정도면 화해했다.

그날도 술을 마시고 집에 걸어가는 길이었다. 술집에서 500m 정도 직진한 후 우회전을 하면 바로 우리 집이 나왔다. M은 술집에서 나오자마자 우회전을 한 후 큰 사거리에 가서 직진을 하자고 했다. 왜 그렇게 가냐고 따져 물었다. M이 틀린 길을 알려 준 건 아니었다. 다만 그 말대로 가면 크게 한 바퀴를 돌아가야 했다. 이 길로 가자며 잡아끄는 손을 뿌리치고 저벅저벅 직진을 했다. 100m 쯤 걷다가 뒤를 돌아 봤는데 따라올 줄 알았던 M이 없었다. 더 화가 났다. 집에 들어가 핸드폰을 꺼버렸다. 술 덕분에 한 번도 깨지 않고 아침까지 잘 잤다. 띵한 머리를 부여잡고 일어나 물을 벌컥벌컥 마시고 핸드폰을 켰다. 문자가 와 있었다. 해장국을 사서 오고 있다고. 급하게 찬물 세수를 했지만 퉁퉁 부은 얼굴에는 소용이 없었다. 자기네 동네에서 제일 맛있는 집이라며 소머리국밥을 포장해왔다. 이런 건 왜 사들고 왔냐고 추레한 몰골로 되도 않는 새침을 부렸다. 그것도 잠시. 배가 부르니 마음도 너그러워졌다. 어젯밤 날 따라오지 않은 널 용서 할 수 없으나 아침 일찍부터 소머리국밥을 포장해 온 정성이 갸륵하여 이번 한 번 만은 넘어가 주마 아량을 베풀었다. 사실 어젯밤 잘 못 한 사람은 없었다. 나는 피곤함에 빨리 집에 오고 싶었고 M은 나와 조금 더 걷고 싶었을 뿐이었다. 우리는 주로 이런 일들로 싸웠고 다음날 오전에 화해했다. 가끔 누군가 몽니를 부리는 날에도 하루를 넘기지 못하고 저녁 즈음 화해를 했다.

헤어지기 며칠 전 늦은 새벽, 코를 잔뜩 먹은 목소리로 전화가 왔다. 도저히 안 되겠다고. 몇 날 며칠을 고민해봤지만 결혼 할 수 없을 것 같다고 했다. 잠결이었지만 단번에 알 수 있었다. 얼마나 많은 고민 끝에 저 말을 입 밖으로 내뱉었을지. 그래서 더더욱 못 들은 척 할 수밖에 없었다. 술이 많이 취한 것 같으니 맨 정신에 이야기 하자며 서둘러 전화를 끊었다. 어쩌면 예감하고 있었는지도 모른다. 눈물이 나오지 않았다. 대신 심장이 두근

거리고 가슴이 먹먹해서 밤새 잠들지 못 했다.

2,618일을 만난 우리는 이제 일주일도 넘게 싸울 수 있었다. 소머리국밥을 들고 찾아와 화를 풀어주는 데 쏟아 부을 시간과 에너지가 없었다. 며칠을 가만히 기다렸고 주말이 됐다. 기분전환 겸 드라이브를 가자고 했다. 평소처럼 셀카를 찍고 핫도그를 사먹으며 손잡고 산책을 했다. 나는 태연한 척 했지만 혹시 헤어지자는 말을 꺼내는 건 아닐까 눈치를 살피느라 하루 종일 상기되어 있었다. M은 아무 말도 하지 않았다. 며칠 전 일은 어물쩍 넘어가는 건가 싶어 안심이 된 나는 맛있는 안주에 소주를 한잔하자며 맛집 리스트를 읊어 댔다. 연애 초부터 같이 가자고 얘기했었지만 한 번도 가보지 않았던 곱창전골 골목에 갔다. 원래 가기로 한 가게는 사람이 너무 많아서 옆집으로 발길을 돌렸다. 서비스부터 맛까지 옆 가게와 다를 게 없었다. 우리는 기다리지 않고 발길을 돌리길 잘했다며 연신 '짠'을 외치며 술을 마셨다. 술기운 때문 이었을까? 아니면 너무 안심 했던 걸까. 기분이 좋아진 나는 결혼이야기를 먼저 꺼내고 말았다. 나랑 결혼 할 거지? 네가 준비가 안 되었다면 나는 언제까지

고 기다릴 수 있어. 대신 너를 믿고 기다려 달라고 한 마디만 해줘. 경제적으로도 심적으로도 준비되지 않은 너를 기다려주는 건 나뿐이야. 그러니 어서 기다려 달라고 말하렴. 나는 확신에 차서 얘기했다. 또 한 번 '짠'을 외치고 술을 털어 넣었다. 나와 달리 M은 잔을 내려놓았다. 그리고 덤덤하게 말했다. 나를 아직 많이 좋아하지만 결혼은 못 할 것 같다고. 왜냐고 되물었다. 남들이 보기엔 번듯한 직장이지만 본인은 확신이 들지 않는다고 했다. 한 가정을 책임져야 할 가장이 될 자신은 더욱 없다고 했다.

– 기다린다고 했잖아. 기다려 달라는 말이 그렇게 어려운 말이야. 누가 너보고 나 책임지래?

소리를 빽 질렀다. 술기운 때문이었는지 감정이 더 격하게 반응했다. 화가 나고 설움이 벅차올랐다. 쏴 붙이듯 말을 내뱉고 맞은편을 노려봤다. 코를 잔뜩 먹은 목소리로 전화를 걸었던 그 날의 네 모습이 보였다. 진심이구나. 진짜 다 끝났구나.

M은 빈말을 하지 않는다. 나중에 꼭 ~ 하자 이런 류의 지키지 못 할 말을 한 번도 한 적 없었다. 연애 초에는 그 점이 정말 좋았다. 말이 가볍지 않아서 더 믿음이 갔다. 그런데 지금. 빈말이라도 좋으니 기다려 달라는 한마디만 해 달라고 울며불며 매달리고 있었다. 빈말이 죽어도 안 나온다면 나는 괜찮으니 그냥 결혼을 미루자고 했다. M은 확고했다. 언제 안정 될지도 모르는데 결혼을 마냥 미룰 수는 없다고 했다. 내가 무슨 말을 해도 대답은 같을 걸 알았다. 그렇게 곱창전골과 소주 다섯 병을 마시고 우리는 헤어졌다.

예식장을 취소하고 드레스투어와 스튜디오 촬영도 취소했다. 이건 별 게 아니었다. 주변 사람들에게 말을 꺼내는 일이 제일 고역이었다. 엄마에게 전화를 걸어 M과 나는 인생의 타이밍이 맞지 않았던 것 같다고 말했다. 준비가 안 된 상대방을 몰아세워 결혼을 서두른 건 나였으니 제발 그 친구를 미워하거나 욕하지 말아 달라고 했다. 엄마는 별 말 없이 혼자 집에 있을 내 걱정을 했다. 나는 괜찮다고 말했지만 괜찮지 않았다. 친구들과 회사에도 파혼 소식을 전하고 도망치듯 백령도에 갔다. 아무도 만나고 싶지 않았고 위로도 받고 싶지 않았다.

느지막이 일어나 엄마가 차려주는 밥을 먹고 산책을 갔다가 낮잠을 잤다. 저녁엔 드라마를 보며 수다를 떨고 옥상에 올라가 한참동안 별을 구경했다. 그렇게 일주일쯤 지내고 나니 위로받을 용기가 생겼다. 친구들을 만나 그간의 이야기를 털어놓았다. 우리보다 더 우리의 결혼 바라고 응원했던 D는 아직도 너희의 이별이 믿어지지 않는다고 말하며 위로주를 따라주었다. 나도 그랬다. 7년 간 열렬히 사랑했던 시간이 특별해서가 아니라 그냥 평범한 커플이어서, 그래서 남들처럼 평범하게 결혼 할 수 있을 줄 알았다.

지금도 곱창골목 근처를 지날 때면 그 애 생각이 난다. 이럴 줄 알았으면 아주아주 먼 곳에 가서 헤어질 걸. 지나갈 때마다 생각날 일 없게. 혼자 속으로 씩씩 거려본다. 그 날 이 골목이 아니라 단골 포장마차에 갔더라면 어땠을까? 우리의 대화를 듣고 이모가 등짝을 때리며 M을 혼내주지 않았을까. 그럼 M도 멋쩍어 하며 다시 생각해 보지 않았을까? 하는 생각도 해본다. 부질없는 걸 알지만 이렇게라도 이별을 되새겨야 한다. 그렇지 않으면 헤어졌다는 걸 문득 까먹고 아무 일 없던 것처럼 연락을 할 것 같으니 말이다. 그래도 다행인 건 술 마시고 전화를 걸거나 '자니..?' 따위의 카톡을 날린 적이 한 번도 없다는 것 이다. 아직까지는.

에필로그 - 혼술도 괜찮아

　술에 관한 몇 가지 철칙이 있다. 첫째 빈속에 마시지 않기. 둘째 라면과 맥주는 집에 사다 두지 않기. 마지막으로 혼술 하지 않기. 사람들은 의외라고 말한다. 해장에는 라면 필수 아냐? 맥주는 박스째 사다 놓고 마셔야지. 별별 소리를 다 들어봤다. 그런데 최근에 마지막 철칙이 깨졌다. 자의 반 타의 반으로 혼술을 시작했다. 퇴근 후 팩 소주 하나면 딱 좋은 취기가 올라온다는 프로 혼술러 지인의 말에 정색을 하며 나는 절대 혼술 하지 않는다고 단언한 적이 있다. 날카롭게 날린 언행에 혹시라도 상처 받았을 지인에게 지면을 빌려 심심한 사과를 보낸다. 미안 나도 이제 혼술 한다. 전에는 굳이 혼자 마시지 않아도 인생에 술이 차고 넘쳤다. 사람들과 술 마실 일이 많아서 혼술을 더 보태지 않았었을 뿐. 물론 지금도 혼술이 좋은 건 아니다. '짠' 하고 술잔을 부딪치는 소리가 있어야 술맛이 사는데. 혼술이 재미없는 두 번째는 안주를 하나밖에 못 고르는 것이다. 혼자 먹는데 거창하게 차리기도 애매하고 다 먹지도 못 할 텐데 하는 생각에 안주 선택에 소극적이게 된다.

가을이 노상의 계절이었다면 겨울은 해산물의 계절이다. 회야말로 소주 없이는 아쉬운 메뉴가 아니던가! 방어가 철이라는데 혼자 먹기에는 너무 과하겠지? 방어 대신 과메기로 하자. 방어가 못내 아쉽지만, 퇴근길에 사 온 과메기를 뜯고 소주잔을 채운다. 배달 앱을 키면 혼술광어세트 따위가 많이 보이지만 회는 혼술 안주의 마지노선으로 남겨두기로 했다. 이번 주 주말에는 방어회를 먹어야겠다. 한 달 전 제주도로 이사 간 K, 일 때문에 춘천에 있는 B, 시댁에 있을 D에게 연락을 해 봐야지. 혹시 모르지. 방어회 먹으러 비행기 타고 올지도. 춘천에서 인천까지 2시간이면 충분하지 않을까. 아… 시댁은 패스. 열심히 손 흔들다 보면 멀리서 내 손짓을 본 누군가는 다가와 손바닥을 마주쳐 주겠지. 하이파이브!

이 책을 읽는 동안 떠오른 사람이 있었는지 혹은 술 한 잔 생각나지는 않았는지 묻고 싶다. 만약 그랬다면 내 손짓이 그대에게 전해진 것이라 믿겠다. 손 흔들고 있는 사람은 없는지 주위를 살펴보기를 바란다. 그럼 이제 책을 덮고 떠오르는 그 사람에게 "술 한 잔 콜?" 하고 메시지를 날려라.

안혜림

.

743일간의 세계여행을 다녀온 부부 여행자 겁나신나부부의 아내 신나부인입니다. 인스타그램 @ahn_kim_ 과 네이버 블로그 '겁나신나부부'를 통해서 여행의 이야기와 사진을 나누고 있습니다.

여행 너머의 삶

헤이리 예술마을의 작은 카페였다.

– 어릴 적부터 내 꿈은 세계일주를 하는 거야. 하지만 살면서 이 꿈을 이룰 수 있을지는 잘 모르겠어.

책장에 꽂혀있던 「80일간의 세계일주」를 보며 남편이 내게 건넨 말이다. 9년이라는 시간을 함께했지만, 처음으로 들어본 이야기다. 내 남편의 꿈이 세계일주라니. 나 역시 여행을 좋아하지만 '세계여행', '세계일주'는 한 번도 생각해본 적이 없었다. 더 솔직히 말하면 내 삶에 존재하지 않았던 단어였다. 그런데 9년 만에 처음으로 남편의 꿈을 알았다는 사실이 충격적이었는지 아니면 이룰 수 없는 꿈이라 말하는 남편의 표정이 너무 아련해서였는지는 여전히 알 수 없지만, 그날 나는 그와 함께 세계여행을 떠나기로 굳게 다짐했다.

길 위에 올랐다. 사실 배낭여행 한번 해 본 적 없는 나였기에 어떤 여행이 펼쳐질지 전혀 감을 잡을 수 없었다. 그렇게 아무것도 모르고 떠나온 세계여행은 생각보다 흥미진진한 일들이 가득했다. 여행잡지에 빼놓지 않고 나올 법한 유명 유적지나 관광지도 가볼 수 있었고 아프리카에서 물놀이하는 코끼리와 그 코끼리를 사냥하려는 사자도 볼 수 있었고 아마존강에서 피라냐 낚시도 해볼 수 있었다. 여행 중에 있었던 일들을 일일이 나열할 순 없지만 정말 많은 것들을 보고 경험할 수 있었다. 그래서일까 1년을 계획하고 나온 우리의 여행은 743일이 지나서야 간신히 마침표를 찍을 수 있었다.

긴 여행이 끝나고 일 년, 지금 내 마음속에 남아있는 여행의 기억은 어떤 것일까? 파리의 에펠 타워도 아마존강에서의 추억도 아프리카의 코끼리도 모두 아니다. 정작 내게 깊은 여운을 주었던 것들은 예상 밖의 것들이었다. 돈 때문에 다른 사람에게 소리 질렀던 기억, 길거리에서 창피함도 모르고 엉엉 울었던 기억 그리고 우매한 나를 깨우쳐주었던 사람들에 대한 기억이다.

　이제부터 하려는 나의 이야기는 세계여행자의 모험담이나 영웅담이 아니다. 여행 속에서 마주했지만, 여행이 아닌 일상생활 속에서도 누구나 한 번쯤 마주하고 생각해볼 수 있는 것들에 대한 이야기다. 여행 또한 사람 사는 이야기 중에 하나 아니겠는가!

Where is my fifty?

이집트 2일 차, 피라미드를 보러 가기로 한 나는 어쩐 일인지 동네 슈퍼에서 소리를 지르고 있었다.

"Where is my fifty!"

어제저녁, 탄자니아를 떠나 이집트에 도착했다. 이동의 피로가 켜켜이 쌓여있지만 숙소 건너편의 피라미드를 보고 있자니 나가지 않을 수 없었다. 서둘러 나갈 채비를 마치고 숙소를 나서려는데 왠지 모를 긴장감이 맴돌았다. 아마도 익히 들어온 이집트 삐끼와 상인들의 현란한 사기 스토리 때문이 아닐까 싶었다. 한 번 더 마음을 단단히 먹고 숙소를 나섰다. 아니나 다를까 채 몇 걸음 내딛기도 전에 삐기들이 따라붙었고 그들은 어색한 발음의 영어를 쏟아내기 시작했다.

  – 피라미드 가이드가 필요하지 않아?

  – 낙타를 타고 피라미드를 둘러보지 않을래? 내가 특별히 싸게 해줄게.

  – 나한테 입장권을 사면 싸게 살 수 있어!

  '노땡스! 노땡스! 노땡스!' 정신없이 달려드는 호객꾼들을 겨우 뿌리치고 한숨 돌리나 싶었는데 이번엔 작고 허름한 건물 앞에 한 남자가 피라미드를 보러 가냐는 진부한 말을 걸어온다. '노땡스'를 외치는 내게 그 남자는 여기가 매표소라며 이곳에서 입장권을 사야 한다고 말했다. 그 또한 사기꾼이려니 생각하고 그냥 지나치려는데 한심하다는 말투로 이곳이 매표소가 맞다고 다시 말을 걸어왔다. 하지만 그 건물은 사전에 알아 온 매표소의 모습과 너무도 달랐기에 그의 말을 쉽게 믿을 수 없었다. 불필요한 실랑이를 줄이고자 그에게 미리 알아 온 매표소 사진을 보여줬다. 그러자 그는 사진 속 매표소는 정문이고 이곳은 후문 매표소라며 정문까지는 한

참을 걸어야 한다고 했다. 너무 단호한 그의 태도에 남편과 나는 밑져야 본전이라는 마음으로 건물 안쪽을 살펴보았다. 허름한 외관과 달리 안쪽에는 보안 요원과 검색대가 있었고 판매 중인 티켓 모양이나 가격도 미리 알아 온 것과 동일했다. 여전히 조금 의심스럽긴 했지만 한번 믿어보자는 남편의 말에 입장권을 사기로 하고 250파운드를 매표소 직원에게 건넸다. 그런데 매표소 직원이 입장권 2장만 건네 줄 뿐 잔돈 10파운드를 돌려주지 않는 것이다.

– 왜 잔돈 안 줘?

– 오전이라 아직 사람들이 많이 안 와서 잔돈이 없어. 피라미드 구경하고 나오면 그때 줄게.

'뭐?' 너무 어이가 없었다. 말도 안 되는 이야기를 한다는 생각에 나는 끈질기게 잔돈을 요구했다. 물러설 기미가 보이지 않자 모르쇠로 일관하던 직원은 50파운드를 돌려주며

– 그렇게 싫으면 네가 잔돈으로 바꿔와.

라며 한발 물러선 태도를 보였다. 나머지 200파운드가 여전히 그의 손에 있었기에 남편은 매표소에 남기로 하고 내가 잔돈을 바꿔 오기로 했다. 반드시 바꿔오겠다는 결의에 찬 마음을 가지고 근처 기념품 가게로 향했다. 가게에 들어서자마자 사장님에게 50파운드를 보여주며 잔돈으로 바꿔줄 수 있는지 물었지만 기대와 달리 이곳에도 잔돈은 없었다. 실망하는 표정으로 가게를 나서려는데 사장님이 옆 슈퍼에 가면 잔돈을 바꿀 수 있을 거라고 알려주었다. '슈크란', 유일하게 알고 있는 아랍어로 간단히 감사 인사를 하고 바삐 가게를 나왔다. 한 손에 50파운드를 든 채 옆 슈퍼로 들어서려는데 한 남자가 내 앞에 나타났다. 그는 대뜸 잔돈을 바꾸러 왔냐며 내게 물었고 고개를 끄덕이는 나를 슈퍼 안으로 안내했다. 그는 슈퍼 주인에게 내 50파운드를 건넸고 두 사람은 알아들을 수 없는 아랍어로 몇 마디 대화를 나눴다. 드디어 잔돈을 바꿀 수 있다는 생각에 한껏 부풀어 오른 나와 달리 상황은 조금 묘하게 흘러갔다. 슈퍼 사장님은 내게 돈을 주는 대신 내 옆에 남자에게 담배, 과자 등을 건네기 시작했다. 조금 불안한 마음이 들기 시작했지만 좀 더 기다려보자는 생각으로 상황을 지켜봤다. 하지만 이어지는 상황 역시 수상하기 그지없었다. 사장님은 남자에게 몇 가지 물건을 더 건넸고 남자도 하나둘 물건을 챙기기 시작했다. 그러더니 그들은 거래가 마무리된 듯한 느낌을 풍기며 대화를 나누는 것이 아닌가. 뭐지? 순간 눈 뜨고 코 베인 것이 아닌가라는 생각이 머리에 스쳤고 이성적인 판단을 할 틈도 없이 참았던 의심이 터지며 나는 소리를 지르고 말았다.

- Where is my fifty!

평온했던 가게 안이 들썩였다. 슈퍼 사장님도 나를 데리고 들어온 남자도 모두 토끼 눈이 되었다. 당황한 사장님은 진정하고 잠깐만 기다려달라는 말과 동시에 서둘러 10파운드 다섯 장을 챙겨서 나에게 건넸다. 어색해진 분위기에 멋쩍어진 나는 '땡큐', 한 마디만 남기고 도망치듯 슈퍼를 빠져나왔다.

서둘러 매표소로 돌아와 남은 돈을 지불하고 유적지에 들어섰다. 마음 한구석이 조금 찜찜했지만 눈앞에서 마주하는 웅장한 피라미드와 스핑크스 모습에 정신이 팔려 슈퍼에서 있었던 일은 금세 잊어버렸다. 그렇게 유적지에서 오후까지 즐거운 시간을 보내고 숙소로 돌아왔다. 그런데 오전에 우리를 배웅해줬던 직원이 말을 건넨다.

– 피라미드 잘 보고 왔어? 아침에 깜박하고 후문이 숙소 바로 앞이라는 이야기를 못 해줬어. 설마 멀리 정문까지 걸어간 건 아니지?

순간 정신이 번쩍 들었다. 그러면서 잊고 있었던 오전 상황들이 머릿속에서 다시 퍼즐처럼 맞춰졌다. '매표소를 알려준 사람, 슈퍼 사장님, 슈퍼에 같이 간 남자' 어쩌면 그들은 내 돈을 탐냈을 수도 있다. 하지만 결과적으로 그들은 나에게 도움을 준 사람들이었다. 가까운 매표소를 알려준 덕분에 1km 이상 걸어야 할 수고를 덜 수 있었고, 잔돈을 바꿔준 덕분에 10파운드를 거슬러 받지 못하는 상황을 피할 수 있었다. 반면 나는 그들의 말을 들어볼 생각도 하지 않고 사기꾼으로 취급했고 50파운드, 삼천 원도 되지 않는 돈에 정신이 팔려 소리까지 질러댔다. 이 얼마나 창피한 일인가. 남편은 이집트 사기꾼들의 악명 높은 소문을 듣고 생긴 경계심 때문이라며 나를 위로해보지만 돌이켜 생각하면 나도 그 사기꾼들과 다를 바가 없었다. 사기꾼들이 관광객을 돈으로 보는 것처럼 나 또한 그들을 돈으로 바라본 것이다. 돈에 눈이 멀어 그들의 진심을 보지 못했다.

　여행이 삶이 돼가면서 점점 돈에 예민해지는 것을 느낀다. 돈의 액수가 중요한 것이 아니라 돈, 그 자체에 집착하고 여유를 잃어가는 것 같다. 세계 곳곳을 다니며 많은 사람을 만나고 함께 웃고 행복하게 지내고 싶어 떠난 여행인데 돈에 정신이 팔려 사람을 잊어버렸다. 자칫하다간 돈이 내 여행을 삼켜버릴지도 모르기에 지금부터라도 정신을 "단디"차려야겠다. 여전히, 한없이, 모자란 여행자는 마음 따뜻했던 이집트 사람들을 사기꾼 취급하고 소리 질러댐을 교훈 삼아 다시는 '돈'에 휘둘려 사람을 판단하지 않으리라 다짐해본다.

　p.s 오해했던 분들에게 사과하기 위해서라도 이집트에 한 번 더 다녀와야 할 것 같다.

볼로네즈 파스타가 그렇게 슬픈 음식인가?

유럽 93일 차, 볼로네즈 파스타를 먹고 끝내 울음을 터트렸다.

이탈리아 아시시를 떠나는 이른 아침, 남편은 호스텔에서 제공하는 조식 찬스를 즐기고 있었다. 반면 며칠째 속이 좋지 않았던 나는 아침 식사를 거르는 대신 텀블러 가득 커피를 채우기에 바빴다. 챙겨온 커피로 피곤함을 달래며 4시간가량 달렸을까, 이윽고 오늘의 목적지 볼로냐에 도착했다. '대학 도시'라는 별칭답게 거리는 학생들로 북적였고 활기찬 분위기를 풍겼다. 아직 점심을 먹지 못한 우린 도시 구경에 앞서 허기진 배부터 채우기로 했다. 남편은 제대로 식사를 하지 못하는 나를 앉혀두고 혼자 맛있는 것을 먹기가 미안했는지 숙소에서 간단히 만들어 먹자고 제안을 했다. 하지만 말과는 다르게 눈에서는 '볼로네즈 파스타' 일곱 글자가 반짝이고 있었다. 워낙 좋아하는 음식인데다 본고장에 왔으니 먹어보고 싶어 하는 마음은 너무나 당연했다. 남편이 체크인하는 사이 눈치 빠른 와이프는 근처 맛집을 찾아보기 시작했다. 마침 멀지 않은 곳에 가격이 저렴하고 구글평도 좋은 식당이 있어 그곳으로 향했다. 딱히 별말은 없었지만, 남편 얼굴에 웃음이 떠나질 않았다.

　도착한 가게 안은 현지인들로 가득 차 있었다. 맛집을 제대로 찾은 것 같다는 뿌듯함이 밀려왔다. 하지만 뿌듯함도 잠시, 우린 주문부터 난관에 봉착했다. 식당에는 메뉴판이 없었다. 설상가상으로 영어를 할 수 있는 직원도 없었고 나와 남편 역시 이탈리아어를 전혀 할 줄 몰랐다. 한참을 곤란한 표정으로 앉아있자 사장님이 낡은 메뉴판 하나를 들고 오셨다. 다행스럽게도 그 메뉴판에는 음식 사진이 있었고 덕분에 우리는 메뉴를 고를 수 있었다. 남편은 파스타와 샐러드를, 속이 좋지 않은 나는 채소 스프를.

'One 채소 스프, One 샐러드 그리고 One 볼로네즈 파스타'

메뉴판의 음식 사진을 가리키며 어렵지 않게 주문을 마치는가 싶었는데 직원이 파스타를 가리키며 바디 랭귀지로 뭔가를 묻기 시작했다. 가만 보니 파스타를 두 접시로 나눠 줄지 묻는 느낌이었다. 파스타는 남편 몫이기에 굳이 나눠주지 않아도 되었지만 빨리 주문을 끝내고 싶은 마음에 OK를 외쳤다. 메뉴 고르기부터 무엇 하나 쉽지 않았던 주문이 끝났다. 우리는 한숨 돌리며 식사 후 일정에 대해 이런저런 이야기를 나누었고 그사이 드디어 주문한 음식이 나왔다.

'스프 한 그릇, 샐러드 한 접시, 볼로네즈 파스타 두 접시'

주문한 음식은 무엇하나 빼놓지 않고 아주 맛이 좋았다. 특히 볼로네즈 파스타는 먹어본 것 중에 제일이었다. 속 때문에 한 두 입 밖에 맛볼 수 없다는 사실이 그저 안타까울 따름이었다. 이런 마음을 아는지 모르는지 남편은 연신 싱글벙글하였고 배가 부르다는 말과는 다르게 내 파스타 접시까지 깨끗하게 비워냈다. 그렇게 즐거운 식사는 잘 마무리되는 듯 보였지만 식사 후 직원이 가져다준 계산서 한 장에 상황은 전혀 예상치 못한 방향으로 흘러갔다. 계산서에는 파스타가 두 개 주문된 것으로 나와 있었다. 순간 주문할 당시 파스타를 가리키며 손가락으로 한 개, 두 개를 번갈아 표현하던 직원의 모습이 떠올랐다. 돌이켜 생각해보니 내 속 사정을 알 턱이 없던 직원은 두 명이 한 개의 파스타를 주문한 것이 의사소통의 오류라 생각하고 두 접시를 주문하려는 것인지 확인하려는 것이었다. 그런데 그런 줄도 모르고 OK를 외쳤으니 얼마나 바보 같은 일인가.

여행 중에 백 원, 이백 원도 허투루 쓰지 않으려고 늘 애써왔는데 잠시의 부주의함 때문에 불필요하게 6유로를 지출해야 하는 상황이 생긴 것이다. 속상함이 이루 말할 수 없었다. 갑자기 시무룩해진 내 얼굴에 남편은 두 접시를 혼자 모두 비울만큼 너무 맛있었고 이렇게 맛있는 파스타가 6유로밖에 안 한다며 정말 좋은 식사였다는 말들로 분위기를 바꾸려 애를 썼다. 하지만 나는 계산을 마치고 가게를 나선 뒤에도 스스로에 대한 자책을 멈출 수가 없었다.

'주문을 좀 더 정확히 할 걸, 직원이 물어봤을 때 번역기로 한 번 더 확인해볼걸…'

그런데 문득 만원도 안되는 돈 때문에 이러고 있는 내 모습에 더 속상함을 느꼈다. 속상함에 속상함이 겹겹이 쌓이니 나도 모르게 왈칵 울음이 터졌다. 갑자기 쏟아내는 눈물에 남편 역시 당황한 듯 보였지만 이내 울고 있는 나를 안아주었다. 그렇게 얼마 동안 울었을까 마음이 조금 진정되는 것 같았다. 눈치를 살피던 남편이 조심스럽게 말을 건넸다. 한 푼 한 푼 아껴가며 여행하는 중에 6유로가 작지 않은 돈일 수 있지만, 우리가 함께 보낸 즐거운 식사 시간과 맞바꾸기에는 터무니없이 적은 돈인 것 같다고, 볼로냐에서의 즐거웠던 첫 식사의 기억이 이 적은 돈 때문에 세드앤딩으로 남는 것이 더 속상하다고 말이다.

맞다. 맞는 이야기다. 계산서를 받아든 뒤로 우리가 하하호호 웃으며 즐겁게 보낸 식사 시간은 온데간데없어져 버렸다. 잘못된 주문과 그로 인한 6유로의 추가 지출은 이미 돌이킬 수 없는 일이었다. 이런 상황에선 다음부터는 잘 확인 해야겠다고 다짐하고 빨리 홀홀 털어내 버렸어야 했다. 하지만 돈은 돈대로 더 쓰고 즐거웠던 시간까지 망쳐버렸으니 이보다 더 엉망인 결말이 또 있을까.

종종 돈 때문에 그 순간을 놓치는 나를 발견하곤 한다. 돈은 단지 목적을 이루기 위한 수단일 뿐인데 돈에 눈이 멀어 본래의 목적을 까맣게 잊어버린다. 그럴 때마다 스스로 이야기해준다. 돈이 제아무리 잘났다고 하더라도 소중한 순간과 그 시간이 주는 행복을 살 수는 없다고 말이다. 100점짜리 정답이다. 분명 머리는 누구보다 잘 알고 있다. 하지만 마음이 자꾸 까먹는 바람에 늘 말썽인 것 같다. 언제쯤이면 마음도 머리만큼이나 잘 알아줄지 모르겠지만 포기하지 않고 계속 이야기해 줄 것이다. 그럼 두 번째는 처음보다, 세 번째는 그 전보다 조금 더 나아지지 않을까?

내 나이가 어때서

　몇 년 전이었을까, '내 나이가 어때서'라는 제목의 노래가 꽤 인기를 끌었던 적이 있다. 노래는 사랑을 하는 데 있어 나이는 중요한 것이 아니라는 내용이었다. 그런데 과연 사랑에만 나이가 없는 걸까?

　나는 주변에서 나이를 핑계로 움츠러드는 사람들을 볼 때면 왜 자신을 스스로 '나이'라는 틀에 가두는지 이해가 되지 않았다. 이런 이야기를 할 때면 엄마는 내가 아직 젊어서 그렇다며 나도 나이를 먹으면 달라질 것이라 했다. 그럴 때마다 나는 중요한 것은 나이가 아닌 마음가짐이라며, '숫자'에 불과한 나이에 연연하면서 늙지 않을 것이라 목소리를 높였었다.

　그러던 어느 날 세계여행을 떠나는 시점에 대해 고

민하는 남편에게 한 살이라도 젊을 때 다녀와야 한다고, 당신은 이제 내일모레면 마흔인데 40대에 배낭여행을 할 수 있겠냐며 더 늦춰서는 안 된다고 이야기하는 나를 발견했다. 무슨 일이든 나이는 중요하지 않다고 큰소리치던 나인데 막상 내 상황이 되니 나이를 따지고 있는 것이 아닌가. 오! 내로남불. 조금 혼란스러웠다. 정말 나이는 숫자 그 이상인 것인가?

여행 559일 차, 멕시코 시티 한인 민박

일정을 마치고 숙소에 돌아온 우리는 거실에서 맥주 한 잔으로 피로를 풀고 있었다. 얼마 지나지 않아 다른 여행자들도 하나둘 숙소로 돌아왔다. 누구라고 할 것 없이 자연스럽게 함께 맥주를 마시며 이런저런 여행 이야기를 나누게 되었다. 20대 초반의 젊은 친구들부터 60대 정도로 보이는 어르신까지 다양한 연령대의 여행자들이 있었다. 우리들은 다양한 나이만큼이나 각기 다른 이유와 방법으로 여행을 하고 있었고 그런 자신의 이야기보따리를 조금씩 풀어내고 있었다. 그러다 자연스럽게 60대로 보이는 남자분의 이야기를 들을 수 있었다.

젊은 시절부터 늘 중남미 여행이 꿈이었다는 그분은 사는 게 바쁘다는 핑계로 은퇴를 하고 나서야 여행을 떠나올 수 있게 되었다고 하였다. 은퇴하였다는 이야기에 조심스럽게 나이를 물었고 그분은 멋쩍은 웃음을 내보이며 이렇게 이야기했다.

– 일흔일곱입니다.

77세, 그것도 77세의 나 홀로 배낭여행자라니! 지금껏 마신 술이 다 깨는 것 같았다. 너무 놀란 나머지 어르신께 주체할 수 없이 질문을 쏟아내고 말았다. 영어조차 잘 통하지 않는 중남미 국가를 혼자 여행하시는 것이 힘들지는 않으신지, 숙소나 교통편 등을 직접 다 알아보고 다니시는지. 마치 어떻게 그 연세에 홀로 배낭여행을 다니실 수가 있는지 믿을 수 없다는 듯 묻는 나에게 어르신은 이렇게 답해주셨다.

– 젊은 사람들보다 체력적으로 힘들기 때문에 여행일정이 조금 느리고 더디긴 해요. 하지만 덕분에 쉬는시간이 많아 인터넷도 책도 더 많이 찾아볼 수 있고 다

른 여행자들의 이야기도 더 많이 들을 수 있어 좋아요. 숙소나 교통편 등은 인터넷이나 책에도 잘 나와 있더라고요. 혹여 모르는 것이 생기면 다른 여행자들이 친절히 설명해주는 덕분에 지금까지 큰 어려움 없이 즐겁게 여행하고 있어요.

어르신의 이야기를 듣고 나니 너무 부끄러워졌다. 늘 나이는 중요하지 않다고 큰소리치면서도 남편에게 40대는 세계여행을 떠나기에 너무 늦은 나이라고 이야기했던 그리고 나이가 많은 어르신은 혼자 배낭여행을 할 수 없다고 생각한 이중적인 내 실체가 고스란히 발가 벗겨진 것 같았다. 화끈거리는 얼굴을 애써 감추며 서둘러 어르신과의 대화를 마무리하고 방으로 들어왔다. 창피한 내 모습을 누가 볼까 머리끝까지 이불을 뒤집어쓴 채 스스로에게도 숨어버렸다. 그렇게 이불 속에 숨어 마음을 달래다 보니 무례했을지도 모르는 내 질문에 진솔하게 답해주신 어르신께 감사하다는 생각이 들었다. 어르신 덕분에 숨겨져 있던 나의 이중적인 모습을 마주할 수 있었다. 그리고 하나 더, 마음속 오랫동안 답하지 못한 질문에도 답을 할 수 있게 되었다.

'정말 나이는 숫자 그 이상인 것인가?'

　아니, 나이는 숫자에 불과하다. 나이가 많다고 못 할 것은 아무것도 없었다. 나이가 많아 못하는 것이 아니라 마음이 늙어 못 할 뿐이었다.

　쿠바 여행 중에 만났던 20대 청년이 생각났다. 그는 직장생활도 해야 하고 결혼도 해야 하기에 30대에 장기 여행을 떠나는 것은 불가능한 일이라 생각했고 그래서 20대가 가기 전에 서둘러 여행을 나왔다고 했다. 그런데 30대에 직장을 그만두고 부부가 함께 세계여행을 하는 우리를 보니 너무 놀랍기도 하지만 자신도 30대에 부인과 함께 할 수 있겠다는 희망이 생겼다고 했다. 어쩌면 지금 나의 마음이 우리 부부를 바라보았던 그 청년의 마음과 같지 않을까 싶다. 우리가 그 20대 청년에게 30대에도 할 수 있다는 것을 보여주었듯이 어르신은 우리에게 70대에도 할 수 있다는 것을 보여주었다. 마음이 늙지 않았다면 못 할 것이 없을 것이고 마음이 늙었다면 할 수 있는 것이 없을 것이다. 우리가 건강한 몸을 위해 열심히 운동하듯이 마음도 잊지 않고 운동해주는 것이 필요할 것 같다.

가장 젊은 마음의 나이를 가지고 계신 어르신이 몸과 마음 모두 건강하게 더 많이 웃고 더 많이 행복하게 여행하시길 진심으로 바라본다.

낯선 사람

　얼마 전 뉴스에서 발달장애를 가진 한 30대 남성의 안타까운 이야기를 접한 적이 있다. 그는 함께 사는 어머니가 돌아가신 후 집에 음식이 떨어지고 전기가 끊기자 거리로 나와 노숙 생활을 했다고 한다. 그의 손에는 엄마가 돌아가셨다고 도와달라는 문구가 적힌 종이가 들려있었지만, 누군가의 관심을 받기까지는 수개월의 시간이 걸렸다고 한다. 그가 다시 집으로 돌아갈 수 있기까지 얼마나 많은 사람이 그를 모른 척 지나쳤을까? 이런 가시 돋친 생각 속에 만약 나였다면, 나는 그에게 다가갈 수 있었을까 스스로 묻게 됐다. 그런데 나조차도 선뜻 그에게 다가갈 수 있다고 쉬이 답할 수가 없었다. 왜냐하면, 낯선 그의 도움 요청이 가짜일지도 모른다는 의심, 도움을 주려다 오히려 해코지를 당할지도 모른다는 걱정 그리고 내가 아니더라도 누군가 그를 돕지 않을까 하는 안일한 생각에서인 것 같았다. 언제부터 이렇게 의심과 걱정이 많아졌을까. 아마도 묻지마 폭행 같은 범죄들로 낯선 이들에게 점점 움츠러드는 사회 분위기에 나 역시 어느새 소극적으로 변하게 된 것 같다.

그런데, 우리 정말 이대로 괜찮은 것일까?

우리는 요르단을 여행 중이었다. 가톨릭 신자인 우리에게 요르단은 예수님의 발걸음을 좇을 수 있는 매우 의미 있는 나라였다. 오전에 성경에서 예수님이 다녀가셨다는 장소를 몇 군데 돌아보고 사해로 향했다. 히브리어로 '소금 바다'를 뜻하는 사해는 높은 염도 때문에 사람이 물에 쉽게 뜨기로 유명한 곳이다. 유명 관광지답게 사해 인근에는 많은 리조트 호텔들이 있었다. 그런 리조트에서 하룻밤을 보내며 사해를 즐길 수도 있겠지만 다른 지역에 숙소를 예약한 우리는 지나는 길에 짧게 사해를 즐기기로 했다. 길게 펼쳐져 있는 사해는 리조트 지역을 제외하곤 어디든 자유롭게 들어갈 수 있어 우리는 주차하기 적당한 곳을 물색하며 차를 몰았다. 그런데 마침 길 안쪽에 넓은 공터가 보였고 그곳에 세워진 차 한 대가 눈에 들어왔다. 공사를 하다 만 것 같이 조금 울퉁불퉁한 비포장도로였지만 이미 주차된 차가 있으니 괜찮으리라 생각하고 그쪽으로 향했다. 이곳이 마땅한 장소인지 파악해 볼 생각으로 주차된 차 근처에 차를 세웠다. 역시 그들도 사해를 즐기기 위해 놀러 온 차였다. 차에는 이제 막 사해에서 놀다 돌아온 아이들과 엄마, 아빠로 보이는 가족이 있었다. 적당한 장소를 찾은 것 같아 우리도 수영복으로 갈아입을 준비를 했다. 그런데 뒤늦게 우리를 보았는지 갑자기 수영복을 입은 여자아이들은 이내 차 안쪽으로 숨어 들어갔고 그들의 엄마, 아빠 역시 우리를 경계하기 시작했다. 그런 그들의 모습에 조금 놀랐지만, 괜히 그들을 불편하게 하고 싶지 않아 좀 더 안쪽으로 차를 이동하기로 했다.

하지만 얼마 가지 못해 차가 빠져버렸다. 워낙 운전에 베테랑인 남편이라 처음엔 장난인 줄 알았는데, 크게 울리는 엔진소리에도 꿈쩍도 않는 차와 굳어가는 남편의 얼굴에서 모든 것이 실제 상황이라는 것을 알 수 있었다. 당황한 우리는 차에서 내려 열심히 앞으로 뒤로 차를 밀어보았다. 하지만 엔진소리만 요란할 뿐 바퀴는 점점 더 땅속으로 빠져들었다. 그렇지 않아도 빡빡한 일정인데 허허벌판에서 언제 올지도 모르는 견인차를 불러야 한다는 생각에 남편 얼굴이 점점 어두워졌다. 그러는 사이 시끄러운 엔진소리를 들었던 것일까 아까 지나친 가족의 아빠가 우리에게 다가왔다. 우리 상황을 본 남자는 별말 없이 차를 같이 밀어주기 시작했다. 그렇게 다 같이 온 힘을 다해 차를 밀었지만 차는 여전히 움직일 생각이 없었다. '정말 망했다'라고 생각하고 있는데 그 남자가 자신의 차로 우리 차를 끌어보겠다며 혹시 차를 연결할 만한 줄이 있는지 물었다. 하지만 우리에겐 차를 연결할 수 있는 어떤 것도 없었다. 잠깐을 고민하던 남자는 자신의 짐을 묶어두었던 빨랫줄을 가지고 왔다. 너무 얇아 차를 끌 수 있을까 하는 우리의 걱정이 무색하게 그는 뚝딱뚝딱 능숙한 솜씨로 여러 겹 감아 튼튼한 끈을 만들어 냈고 차 밑으로 들어가 끈을 묶어 우리 차와 그의 차를 연결했다. 입고 있던 옷이 온통 흙투성이가 되었는데도 전혀 신경 쓰지 않고 얼른 차를 빼자고 말하는 그가 내게는 마치 슈퍼맨 같아 보였다. 그렇게 남편과 그는 각자 운전석에 올라탔고 사인에 맞춰 엑셀을 밟으니 꿈쩍도 하지 않았던 차가 기적과도 같이 움직이기 시작했다. 오예! 주체할 수 없는 즐거움에 남편과 둘 다 소리를 질렀다. 차가 움직이는 모습에 그리고 좋아하는 우리 모습에 그 남자분과 다른 가족들도 모두 내일처럼 기뻐해 주었다. 우리는 연신 감사하다는 인사를 했고 그분은 수줍은 얼굴로 괜찮다는 말과 요르단은 길이 험한 곳이 많으니 항상 조심하라는 말을 남기고 자리를 떠났다.

돌이켜 생각해보면 우리는 그 가족에게 낯선 사람이었다. 이름도 나이도 어떤 사람들인지 알기는커녕 심지어 국적도 모르는 완벽한 타인이었다. 보통의 우리들이었다면 아마도 대부분은 모른 척, 못 본 척 지나쳤을 것이다. 그도 충분히 그럴 수 있었고 그렇다 한들 전혀 이상하게 보이지 않았을 것이다. 하지만 그는 도움이 필요한 우리를 그냥 지나치지 않았다. 심지어 도움을 요청하기도 전에 먼저 다가와 주었다. 처음에 우리를 경계했던 그와 가족들의 모습을 기억하기에 그가 어떤 마음에서 우리에게 먼저 다가올 수 있었을지 생각해보았다. 아마도 그는 낯선 사람에 대한 경계와 의심보다 곤경에 처한 사람을 돕는 것이 우선이라고 여겼던 것 같다. 그렇다, 그는 사람을 제일 먼저로 생각한 것이다.

언제부터인가 우리 사회에는 묻지마 폭행 같은 일면식 하나 없는 모르는 사람에 의해 행해지는 범죄가 일어나기 시작했다. 그런 뉴스가 쌓여갈수록 사람들은 주변의 타인을 더욱 경계하고 의심하기 시작했다. 어찌 보면 너무나 당연한 결과일지도 모른다. 하지만 안타까운 사실은 우리가 경계하는 '낯선 사람'에는 범죄자보다 다른 사람의 도움이 필요한 이들이 더 많다는 것이다. 우리는 소수의 나쁜 사람들에 집중하느라 정말 우리가 놓쳐서는 안 될 사람들을 무심코 지나치고 있는 것은 아닐까.

앞서 언급했던 작은 종이 한 장을 들고 수개월 동안 거리에서 도움을 요청했던 30대 남성의 이야기가 다시금 떠오른다. 만약 누구라도 도움이 필요한 낯선 사람을 마주했을 때 '낯선'에 집중해 의심하고 경계하기보다는 '사람'에 집중했다면, 분명 그는 조금 더 빨리 따듯한 집으로 돌아갈 수 있었을 것이다. 타인을 경계하며 사는 것에 익숙해져 버린 우리에게 지금 필요한 것은 어쩌면 '사람'을 가장 먼저 바라볼 수 있는 맑은 눈이 아닐까 생각해본다.

여행이 내게 잊고 있었던 중요한 가치를 깨달을 수 있는 매개체가 되어준 것처럼 이 글이 누군가에게 자신의 삶 속에서 놓치고 있을지도 모르는 중요한 것에 대해 생각해볼 수 있는 계기가 되었으면 좋겠다.

장은정

사랑스러운 고양이 3마리와 동거 중인 27세 늦은 사춘기 소녀입니다. 저는 남자친구와 함께 작은 소품샵을 운영하고 있습니다. 8살 차이가 나는 어린 남동생도 최근 수능을 본 뒤부터 저희 일을 도와주고 있는데 곧잘 따라와 주는 것 같아서 기분이 좋습니다. 20대에 사장님이 되어서 가장 좋은 점은 늦잠을 잘 수 있는 점입니다. 가장 나쁜 점은 과도한 스트레스로 비만의 길을 벗어나지 못한다는 점입니다. 저는 오늘도 퇴근 후 치킨을 시켜 먹은 걸 보니 아무래도 영원히 벗어나지 못할 것 같습니다

연애 말고 사업 *

일반적인 커플

"여기 인테리어 견적 얼마일까?"

"최소 8천?"

요즘 SNS에서 반응이 뜨거운 카페에서 오고 가는 남녀의 비즈니스적인 대화, 놀랍게도 우리 커플의 대화다. 찰칵 주위에서 들려오는 다른 커플들의 즐거운 핸드폰 카메라 소리와는 달리 우리의 목소리엔 건조함만 느껴진다. 연애한 지 6개월도 채 되지 않아 같이 사업을 하게 되면서 우리는 언제부터인가 대화가 줄었고 그나마 나누는 대화도 대부분이 사업 이야기였다. 아침부터 잠들기 전까지 지긋지긋하게 붙어있으면서 사랑을 속삭이기보다는 아이템 회의, 업무 분담, 운영 방식을 두고 서로 의견을 나누거나 밤새 싸우기도 하는 모습에 지인들은 종종 너희 비즈니스 관계냐며 우스갯소리를 하기도 했다. 그들의 우스갯소리에 며칠을 우리가 사랑해서 만나는 것인지 그저 마음이 잘 맞는 동업자일 뿐인지 한참을 고민했던 건 분명 나뿐만이 아니었을 것이다.

처음부터 우리가 이런 모습이었던 건 아니다. 사업을 준비하던 시절엔 마치 신혼부부라도 된 마냥 설레서 즐겁게 가전제품과 가구들을 고르며 밤새 수다를 떨었다. 조명 하나를 고를 때도 내 마음에 드는 조명을 찾아주겠다고 우리 지역 조명 집은 다 돌아다녀 봐야 직성이 풀릴 것처럼 여기저기 쑤시고 다녔다. 또 엉망진창이던 회색빛 석고벽에 하얗게 페인트칠을 했을 때 그것마저 좋다고 깔깔거리며 삼각대까지 꺼내 들고 온갖 포즈를 취하며 사진을 찍어댔었다. 그 어떤 커플들보다 더 사랑스럽다 자부할 수 있었던 우리였기에 언젠가부터 둘 사이에 설렘이 사라지게 된 건 동업으로 인해 여느 일반적인 커플들과는 상황이 달라졌기 때문이라고만 생각했다. 보통의 커플들은 각자의 일터에서 업무에 집중하고 데이트를 할 땐 서로에게 집중할 수 있는 환경이 주어지지만 우리는 연애와 동업이라는 특수성으로 인해 일하면서도 감정에 부딪히고 데이트하면서도 일에 부딪히니 싸우는 건 어쩔 수 없지 않는 가. 그렇게 우리는 언젠가부터 서로의 불만을 무시하고 싸움을 당연시했다. 서로에게 모진 말로 상처를 입히면서도 다음날 웃으면서 만나며 아무렇지 않아 하는 횟수가 늘어갔다. 그러지 말았으면 좋았을 텐데 말이다.

"나랑 결혼 할거지?"

어느 날 뜬금없이 네가 물었다. 당연히 할거라고 생각하고 있던 결혼인데 막상 물어오니 괜히 튕기고 싶었다.

"아니"

"뭐? 왜? 그럼 나랑 왜 사귀어?"

발끈하는 네 목소리가 너무 웃겼다. 오랜만에 너랑 나누는 사업 외의 대화가 결혼이라니 인생의 큰 결정들을 우리는 늘 가벼운 대화 주제로 다루는구나. 결혼하자는 말을 인사하듯 가볍게 툭 던지는 네가 평소와는 달리 꽤 귀여워 보였다. 너랑 조금 더 이런 연애다운 이야기들을 나누고 싶었다. 그래서 더 튕기기로 했다.

"프러포즈를 해야 고민이라도 해보지"

그날의 우리를 누군가가 봤다면 정말 귀여운 커플이라고 했을 것이다. 입이 떡 벌어져서는 당황해서 새빨개진 얼굴로 반박하던 네 모습이 아직도 눈에 훤하다. 나는 입술 사이로 비집고 튀어나오는 웃음을 겨우 참으면서 대왕 다이아몬드 반지가 아니면 절대로 안 받아준다며 대꾸했다. 흔히들 동업은 힘들다고 하니까 그간 당연시했었던 무수한 싸움들과 상처들이 우리의 연애에 이미 가해버린 흠집들을 더는 무시할 수 없다는 것을 잘 알고 있다. 그럼에도 불구하고 나는 너의 동업자가 아닌 동반자가 되기 위해 조금씩 그 상처를 치유해가고 싶다. 너 역시 그랬으면 좋겠다.

알바 하는 사장님

우리가 함께 일한 건 사실 처음이 아니다. 너는 대학 졸업 이후 처음 취직했던 직장에서 만난 유일한 나의 동갑내기 직장동료였다. 같은 부서는 아니었지만 근무하는 층이 같아서 오며 가며 안부인사나 간단한 대화를 자주 나눴었다. 사내에 동갑이 별로 없어서 그런지 자연스럽게 우리 둘은 꽤 친해지게 되었다. 회식 자리에서도 편하게 대화를 나누었고 같이 노래방을 가거나 서로의 생일을 축하해 주기도 했다. 사내에서 워낙 일 잘한다고 소문이 자자했던 너라서 사업을 결심했을 때 여러 번 동업을 하자고 꼬드긴 건 내 몫이었고 결국 사업을 같이하게 되자 난 속으로 쾌재를 질렀다.

"아 카드 값 부족할거 같아"

"얼마 부족한데?"

내 물음에 너는 기다렸다는 듯이 곧장 부족한 액수를 읊었다. 큰 금액은 아니었지만 그렇다고 작은 금액도 아니었다. 망설임 없이 바로 너에게 송금해주었다. 네가 이렇게도 책임감이 없는 아이라는 것을 진작 알았더라면 좋았을 텐데, 아쉽게도 사업을 마음먹었을 당시에 나는 너랑 만난 지 6개월도 채 되지 않아 너에 대해 제대로 파악하지 못했던 모양이다.

사업을 시작한 건 우리가 26살이 되던 해의 봄이었다. 멀쩡하게 잘 다니고 있던 각자의 직장에서 퇴사를 결심하고 우리는 서로의 앞으로 딱 천만 원씩 대출을 받았다. 그리고 그 돈으로 매장을 하나 오픈했는데 카페도 밥집도 술집도 단순판매점도 아닌 공방이었다. 하고 싶은 것들이 너무 많던 나는 물리치료사로 종합병원에 근무하면서 딱 한 가지였던 장점인 5시 퇴근을 살려 온갖 취미 생활을 즐기곤 했는데 대부분 공방에서 내 손으로 직접 무언가를 만드는 것을 즐겼고 나 스스로 정말 잘한다고 생각했던 것 같다. 무조건 잘 될 거라고 생각했던 우리는 공방을 오픈하자마자 참담한 현실을 깨달았다. 홍보가 되기 전까지는 수업이 잡히지 않을 테니 매장을 계속 열어두고 판매라도 조금씩 해보자며 온종일 문을 열어두어 보았는데 마감 할 때까지 사람이 단 한 명도 지나다니지를 않았기 때문이다. 당시에 우리는 직장을 다니면서 모아둔 돈과 대출 받은 돈을 전부 투자해서 공방을 오픈했고 그나마 여유자금이라고 있었던 퇴직금 몇 푼조차 바닥을 보이고 있었다. 심지어 부모님으로부터 독립하여 타지에서 혼자 생활하던 나는 당장에 생활비도 막막해지기 시작했다. 처음으로 돈에 대한 불안감으로 잠을 못 이루는 날들이 이어졌다. 그나마 다행이었던 건 내 원래 직업이 물리치료사였다는 것이다. 물리치료사는 아르바이트 직원을 구하는 개인 병원들이 많아서 나는 틈만 나면 물리치료사 카페나 협회 밴드를 뒤적거려 아르바이트 자리를 물색했다. 소소한 용돈벌이 수준이었지만 조금씩 숨통이 트이는 것 같았다.

한 두 달 정도 지나자 우리 공방은 어느 정도 홍보가

되었는지 수업 예약이 하루 종일 있는 날들이 이어졌다. 하지만 주로 나와 손님이 1대1로 수업을 하다 보니 공방 안에 버려지는 공간들이 많아 아쉬운 마음이 자주 들었다. 혼자 한참을 고민 하다가 작고 귀여운 것들로 빈자리들을 채워보면 어떨지 너에게 조심스럽게 말해보았다. 넌 내가 지금 뭘 들은 거지 하는 표정으로 부정적인 의견을 내비쳤지만 결국 우린 내가 평소 좋아하는 것들로 공방 한 켠에 작은 소품샵을 꾸려두게 되었다. 운이 좋았는지 그게 SNS에서 꽤나 유명해졌다. 위치가 좋지 않은 우리 매장까지 사람들이 많이들 찾아와 주시곤 했는걸 보면 말이다. 여전히 창 밖엔 아무도 돌아다니지 않았지만 늘 공방 안은 사람들로 북적북적했다. 하지만 나의 아르바이트는 오히려 더 꾸준히 이어졌다. 가끔씩 구하는 병원 아르바이트로는 만족을 못해 좀 더 정기적으로 나갈 수 있는 호프집 서빙일과 병행을 하기 시작했고 급기야 친구의 소개로 복지가 아주 좋은 병원에 오전 근무만 하는 직원으로 취직까지 하게 되었다. 나는 매일 오전 7시에 일어나 새벽 1시까지 아주 잠시도 쉴 틈 없이 바쁘게 움직였다. 맥주 집에서 한참 일을 하고 있을 때 12시쯤 아빠한테 전화가 왔었다. 힘들지는 않냐고 걱정스러운 목소리로 이제 그만두었으면 좋겠다며 조심스럽게 건네오는 한마디에 눈물이 울컥했던 것 같다. 나는 그만 둘 수 없었다. 우리는 늘 이런 식이었다. 넌 언제나 돈이 부족하다고 했고 나는 어떻게든 벌어왔다.

아가씨 여기서 장사하면 안 돼

　　우리의 동업은 처음부터 많이 어긋나있었다. 말이 동업이지 내가 하고 싶은 것들로만 똘똘 뭉쳐져 있었고 나의 아이디어들로만 가득 차 있었다. 심지어 사업자등록증도 내 이름으로만 등록해두었다. 너는 어쩌면 내게 투자했고 나는 보답하려 했던 것 같다. 함께 공방을 오픈 하고 늘 같이 있었지만 몇 달간 나 혼자 수업하면서 월세를 맞춰나갔다. 그런 모습이 손님들에게도 보였던 걸까. 수업 오시는 분들이 종종 남자친구는 공방에서 무슨 일을 하느냐고 물었다. 다른 수업을 한다고 했지만 사실 아무런 일도 하지 않았다. 온종일 소파에 앉아서 핸드폰 게임을 하거나 종종 설거지를 도와주곤 했다. 어느 날은 수업 중에 코 고는 소리가 들려와서 돌아보았더니 소파에 앉아서 열심히 졸고 있었다. 공방 안에 소품샵이 생기고 나서는 계산을 도와주었지만, 그때도 홍보와 제품 디스플레이 등 대부분의 일은 나의 몫이었기에 그는 그다지 하는 일이 없었던 것 같다. 나는 어느새 매달 살면서 한 번도 만져보지 못했던 금액의 돈을 벌고 있었지만, 끊임없이 불안해했다. 우리의 미래가 너무 걱정되었다. 너도 돈을 벌었으면 좋겠다고 생각했다. 너도 나와 함께 월세에 대한 부담감을 느꼈으면 좋겠다고 생각했다. 그래서 나는 우리가 좀 떨어져 있어야겠다고 생각했다.

"우리 2호점 낼까?"

나는 우리가 떨어져 있을 수 있는 가장 좋은 방법으로 새로운 매장을 오픈 할 생각을 했다. 지금 다시 생각해봐도 정말 무모한 짓이었다. 하지만 욕심도 났다. 지나다니는 사람 하나 없던 거리의 공방을 북적이게 해준 이 작은 소품샵을 보면서 내심 본격적으로 키워보고 싶다는 마음이 들었다. 물론 너는 반대했지만 내가 아르바이트도 계속하고 공방 일도 계속하면서 지금 수입을 유지하면 절대로 문제 될 일은 없을 거라고 너를 끈질기게 설득했다. 그 뒤로 우리는 틈틈이 시장조사를 하러 다녔다. 우리 지역에서 상권이 가장 좋은 곳으로 보려고 하니 임대료가 상상 이상으로 비쌌다. 그냥 다른 동네를 찾아볼까 하다가 이번에는 꼭 사람들이 많이 돌아다니는 곳에 매장을 차려보고 싶어 계속 같은 동네만을 고집했다. 하지만 워낙 상권이 좋다 보니 당시 우리 수중에 있던 돈으로 계약할 수 있었던 매장은 턱없이 부족했다. 그나마 가능했던 몇 안 되던 매장들은 시내 중심부에서 조금씩 벗어나 있거나 엘리베이터 없는 고층에 있었다. 오랜 고민 끝에 지금의 2호점을 선택했다. 계약하고 온 날 마음 한구석 걱정과 설렘을 동시에 품고 우리의 두 번째 매장이 될 공간을 네 손을 꼭 붙잡고 바라보고 있었다. 처음에는 몰라서 그랬다지만 지금은 아주 잘 알면서도 이상하게 잡고 있는 손이 너무 든든했다. 월세 걱정하는 나한테 복권이나 살까 하면서 시답잖은 소리나 할 게 뻔한 너인데 말이다. 너와 함께한다면 뭐든지 다 잘될 거 같았다. 이번에도 우린 잘 해낼 수 있을 거라고 속으로 힘차게 주먹다짐하고 있던 그 때 누군가가 우리를 다급하게 부르는 소리가 들려왔다.

"젊은이들! 젊은이들!"

착각인가 싶었지만, 거리에 우리 말고는 딱히 젊은이라고 할만한 사람도 없었기에 고개를 휘휘 돌려 주위를 살폈다. 바로 뒤에서 새하얀 머리가 반쯤 벗겨진 할아버지가 지팡이를 짚은 채 우리 쪽을 향해 오고 계셨다. 할아버지는 내가 들은 것이 착각이 아니었다는 걸 증명해주듯이 다시 한번 더 날 향해 이전보다 더 크게 외치셨다. 그러고는 잠시 멈춰서 시더니 지팡이 끝으로 설핏 우리의 2호점이 될 매장을 가리키는 것 같았다.

"아가씨 설마 여기서 장사하려고? 여기서 장사하면 안 돼!"

갑자기 무슨 말씀이시지? 당황해서 얼굴이 살짝 굳었던 나는 애써 웃으면서 할아버지의 말씀을 무시하고 지나치려 했다. 생판 모르는 사람이 듣기 좋지 않은 소리를 꺼내니 여간 황당한 게 아니었다. 이미 계약까지 한 마당에 장사를 하면 안 된다니 혹시 매장에 관련

된 안 좋은 이야기가 있지는 않을지 걱정이 되었지만 그럴지 언정 절대로 듣고 싶지 않았다. 하지만 할아버지는 계속 시끄럽게 말씀을 이어가셨다. 그 목소리가 너무 커서 안 들을래야 안 들을 수가 없었다. 할아버지는 지금 여기 길거리를 좀 보라며 대낮에 사람이 아무도 안 다닌다고 말씀하셨다. 다행히 내가 처음 걱정했던 수위의 문제 거리는 아니었다. 하지만 안 그래도 우리가 가진 금액대에 맞는 매장을 고르느라 좀 더 마음에 드는 곳을 선택하지 못했던 것이 내심 속상했던 나는 급격히 의기소침해졌다. 좀 더 금전적으로 여유롭지 못한 나 자신이 너무 원망스러웠다.

"하하하. 걱정해주셔서 감사합니다."

도망치듯 우리의 걸음이 빨라졌다. 난 기분전환도 할 겸 밥이나 먹으러 가자고 했고 마침 계약한 매장 근처에 유명 경양식당이 있어 곧장 들어갔다. 요즘 아르바이트도 병행하느라 거의 온종일 일만 하는 나 때문에 데이트는커녕 밥도 같이 먹을 시간이 없었던 우리는 역시 상권이 좋으니 맛 집도 있다며 웃으면서 들어섰다. 얼굴은 웃고 있었지만, 여전히 기분은 축축했다. 마치 아까의 말이 귓가에 계속 맴도는 것 마냥 주변의 모든 소음이 그 할아버지의 목소리 같았다. 곧 공방에서 진행해야 할 수업이 있었고 끝나자마자 호프집 아르바이트도 가야 했기 때문에 여기 앉아서 여유 부릴 시간이 없었다. 빨리 먹고 나가야 하는데도 불구하고 내가 밥을 먹는 둥 마는 둥 하며 다 식은 돈가스를 쿡쿡 찔러대고만 있자 네가 짜증 섞인 목소리로 물어왔다. 대체 왜 그러냐는 너의 물음에 나는 아까의 할아버지에 대해 언급했다. 기분이 나쁘지 않았냐는 나의 물음에 너도 당연히 나빴다고 대답하며 고개를 끄덕였다. 공감을 얻어 기뻤던 나머지 박수까지 칠뻔했지만 이어지는 너의 말이 아주 가관이었다.

"근데 맞는 말씀이셔. 봤잖아 너도. 사람 별로 없는 거."

그럼 오늘 계약은 왜 한 거냐고 따져 묻고 싶었지만 나는 입을 다물었다. 너의 말은 끊기지 안고 계속해서 흘러나왔다. 꽤나 할말이 많았나 보다. 나와는 달리, 이

지역 토박이인 너는 오늘 계약한 매장 앞 거리를 지나다닌 기억이 없다고 했다. 그 매장이 원래 뭐하던 곳인지 기억도 안 난단다. 게다가 내가 그 매장을 선택했던 이유 중 하나가 바로 앞에 있던 버스정류장이었는데 넌 그마저도 노선이 별로라서 이용해 본적이 없단다. 무언가 허탈한 기분에 온 몸에 힘이 쭉 빠지는 것 같았다. 너는 대체 어떤 생각으로 나와의 동업을 유지하고 있는 걸까. 나는 가만히 네 얼굴을 쳐다보았다. 네 손을 잡고 든든해 했던 내가 부끄러웠다. 차갑게 식어버린 돈가스를 꾸역꾸역 입에 집어 넣었다. 다 씹어 삼키기도 전에 늦기 전에 얼른 가야겠다고 하며 핸드폰을 들고 자리에서 일어났다.

한달 가량의 준비기간을 거쳐 우리는 2호점을 무사히 오픈 했다. 그리고 우리의 문제는 다시 시작되었다. 내가 공방에서 수업을 하는 동안 너에게서 수십 번의 전화가 걸려왔다. 손님이 찾는 물건이 어디에 있는지 모르겠다는 연락이 대부분이었다. 수업에 집중하는 것이 너무 힘들었다. 당시 수업시간에 나는 '죄송해요 전화 좀 받아도 될까요?'를 입에 달고 살았다. 수업이 끝나면 늘 2호점으로 달려가 제품들을 정리해주고 다시 돌아와 수업을 하거나, 호프집 아르바이트를 하러 갔다. 그리고 아침이 되면 지친 몸을 이끌고 병원으로 출근을 했다. 몸이 떨어져 있는다고 달라지는 건 없었다. 너는 여전히 계산만 했다.

너의 소비생활

아이러니하게도 우리의 싸움이 격해질수록 사업은 안정을 찾아갔다. 너와 동업을 한 지 일 년, 우리는 어느새 매장을 4개나 가진 꽤 번듯한 사장님이 되어있었다. 세 번째 매장을 오픈하기 일주일 전 나에게는 하나의 징크스가 생겼다. 그날 나는 공방 수업을 끝내고 부랴부랴 세무사무실에 상담하러 가던 길이었다. 일정이 촉박해서 마음이 아주 급했다. 바로 앞에서 우회전해야 했는데 무슨 생각이었는지 핸들을 틀면서 속도를 줄이기는커녕 엑셀러레이터를 밟았다. 차가 뒤집히는 것 같은 느낌이 들었다. 아주 잠시였지만 나 설마 죽는 걸까? 하는 두려움이 온몸을 휘감았다. 쾅 하고 어딘가에 부딪히는 소리가 들렸다. 떨리는 손으로 차 문을 열고 살펴보니 제자리에 있어야 할 타이어가 본래 자리를 찾지 못하고 내려 앉아 있었다. 두려운 마음에 곧장 네게 전화를 걸었다. 바쁜지 몇 번을 걸어도 받지 않았다. 뒤에서 빵빵거리는 소리와 함께 욕설이 들려왔다. 망가진 내 차가 다른 차들의 길목을 모두 막고 있었다. 민망하기도 하고 처음 겪어보는 상황에 두렵기도 했다. 고개를 푹 숙이고 눈물을 찔끔 흘렸다. 내가 할 수 있는 일이라고는 도로 옆에 주저앉아 그저 보험사 직원이 빨리 와주시길 기다리는 것밖에는 없었다. 다행히 다친 곳도 없었고 차도 금방 고쳤다. 이후에 3호점 장사가 너무 잘되자 지인들 사이에선 그때 교통사고 나서 그렇다는 우스갯소리도 나왔다.

"선생님 혹시 내려서 타이어 한번 봐주실 수 있나요?"

"네네. 그럼요!"

이번에는 4호점을 오픈하기 전에 있었던 일이다. 나는 여전히 오전마다 병원에 다니고 있었는데 동료 선생님이 차를 함께 타고 갈 수 있냐고 부탁을 해오길래 흔

쾌히 허락했다. 한참 신나게 대화를 나누며 가는 길에 공기압 경보음이 울리기 시작했다. 불안한 마음에 얼른 확인해야 할 것 같았다. 어떻게 하면 좋을지 몰라 망설이는 동안 마침 여기서 내려달라는 선생님의 말씀에 바로 옆길에 차를 세우고 다급하게 부탁을 드리게 되었다. 역시나 타이어가 터져있었다. 선생님은 내가 저런 차를 타고 왔다고? 하는 표정으로 놀라서 나를 쳐다보았다. 당황한 나는 선생님을 향해 '감사합니다. 내일 봐요!' 하고는 곧장 차를 끌고 정비소로 갔다. 직원은 내 차 타이어 상태를 보더니 크게 당황해하면서 나를 다그쳤다. 정말 위험할 뻔했다면서 길에서 타이어가 터진 걸 확인했을 땐 차를 잠시 세워두고 보험사를 부르거나 견인차를 부르라고 했다. 아주 거리 위의 폭탄이 따로 없었다. 나로 인해 누군가가 불안해했을 것을 생각하니 부끄러운 마음에 얼굴이 붉어졌다. 나는 직원이 차를 좀 더 세밀하게 살펴보고 있는 동안 너에게 전화를 걸어 도움을 청했다. 정비소로 와준 너는 이것저것 상태를 물어봐 주었다. 직원은 타이어 네 짝을 모두 바꿀 것을 추천해주었고 교체할 타이어로 다양한 브랜드를 보여주었다. 가격대가 꽤 비싸서 저렴한 것들로 추천해 달라고 하자 아무리 저렴해도 한 짝에 20만 원 정도는 한다고 했다. 생각보다 비싼 금액에 당황한 나는 터진 바퀴는 하나인데 왜 전부를 바꿔야 하는지 이해가 가지 않는다고 했다. 내 생각을 알았는지 너는 직원에게 얼마 전 사고로 하부를 몽땅 갈았으니 교체작업은 최소한으로 부탁드린다고 했다. 직원은 그래도 정렬 때문에 최소 두 짝은 교체해야 한다고 했다. 원래도 운전을 좋아하지는 않았지만, 지난번 사고가 난 뒤로 병원 출퇴근 외에는 거의 끌고 다니지 않던 상황이라 괜히 아까운 돈이 들어가는 것 같아 너무 속상했다. 대체 타이어가 왜 터진 거야! 울화통이 치미는 것 같았다. 나랑 비슷한 시기에 차를 뽑은 너는 아직 한 번도 타이어 교체를 했다는 말을 들어본 적이 없는 것 같은데 나는 올해만 벌써 두 번째였으니 말이다. 그 뒤로 나는 운전을 더 기피하기 시작했다. 급기야 오전에 혼자 병원 출근할 때도 너에게 데려다주면 안 되냐고 칭얼거리곤 했는데 온갖 싫어하는 티는 팍팍 내면서도 데려다주지 않은 적은 없었다. 또 4호점을 기존의 매장들과는 꽤 거리가 먼 곳에 차리게 되어 매주 고

속도로를 타고 장거리 이동을 해야 했는데 내가 워낙 차를 끌기를 싫어하니 아주 자연스럽게 우리는 네 차로만 이동했다. 너는 불만이 꽤 많아 보였지만 내가 운전할게! 할 때마다 절대 안 된다며 손사래 쳤다.

"나 타이어 바꿨어"

"아 진짜?"

"응. 승차감 좋지 않아?"

"음 그런가?"

어느 날 4호점으로 향하던 고속도로에서 타이어를 바꿨다던 너의 말에 난 언제나 그랬듯이 핸드폰을 만지면서 심드렁하게 대꾸하고 있었다. 너는 엄청 신이 난 목소리로 타이어에 관해 설명을 하기 시작했다. 새로 교체한 타이어가 수입 브랜드인데 그 중에서도 제일 좋단다. 아마 타이어 브랜드 중 최고일거라고 했다. 역시 승차감부터 다른 거 같다면서 정말 모르겠냐고 자기는 아까 브레이크 밟는데 너무 부드럽게 밟혀서 놀랐다고 말하는 네 목소리가 얼마나 들떠있던지 나도 덩달아 신이날 뻔했다. 마지막에 가격을 듣지 못했다면 말이다. 한

짝만 해도 비싼 타이어를 무려 네 짝이나 통으로 갈아버리셨단다. 나는 너무 기가 차서 잡고 있던 핸드폰을 떨어트릴 뻔 했다.

"야!!"

아무 말 없이 듣고만 있던 내가 소리를 빽 내지르자 너는 많이 놀란 모양이었다. 어깨가 한번 들썩거리더니 '깜짝이야' 속삭이며 동그랗게 뜬 눈으로 잠시 고개를 나에게 돌렸다가 다시 운전대를 고쳐 잡고 앞을 바라보았다. 나는 어떻게 너만 비싼 타이어를 할 수 있냐며 넌 매번 그런 식이더라고 씩씩거리기 시작했다. 너는 의아하다는 듯이 대꾸했지만 내 목소리는 이미 분노로 가득 차 있었다.

"너 그리고 핸드폰 충전기도 자기 거는 비싸고 좋은 거 사고 내 거는 안 좋은 거 사잖아!"

"응?"

"내가 모를 줄 알아? 구매 내역 다 보여!"

말하고 나니 더 화가 나서 독기 어린 눈으로 한껏 노

려보고 있는 나를 힐끔 쳐다보면서 너는 크게 웃었다. 그렇게 한참을 웃으면서 너는 고속도로를 달렸다. 난 쉬지 않고 왜 매번 자기 거만 좋은 거 하는 거야? 보통 여자친구한테 더 좋은 거 해주고 싶지 않나? 옆에서 계속 투덜거렸지만 너는 그런 내가 마냥 귀엽다는 듯이 웃으면서 미안하다고 했다. 4호점에서 일을 하고 내려오는 길에 자연스럽게 알게 되었다. 네가 사두었던 그 비싼 충전기는 네 차에서 늘 핸드폰만 만져대는 나를 위해 꽂아두었던 충전기였다는 것을 말이다. 운전할 때마다 너랑 대화는 안 하고 핸드폰만 본다고 그렇게 싫어하더니 정작 나를 위한 것이었다는 걸 알고 나자 아까의 내가 너무 부끄러웠다. 그리고 자동차 보험을 새로 들 때 환급을 받으면서 또 한 번 알게 되었다. 2년 동안 1만 킬로밖에 안 달린 내 차가 갔어야 할 곳들을 늘 네 차가 대신 가주었음을 말이다. 고생한 네 차에 멋진 신발을 사준 것 같아서 뒤늦게 나마 기분이 좋았다. 너는 비록 나에게 든든한 동료는 되지 못했을지언정, 여전히 나를 많이 사랑해주는 연인이었다.

사업 말고 연애

우리가 단 한번도 헤어짐을 생각해보지 않았던 건 아니다. 싸움은 날이 갈수록 격해졌고 어떤 날은 화가 머리 끝까지 난 내가 너의 머리채를 쥐어 잡고 열심히 흔들어 댄 적도 있었다. 정나미가 뚝 떨어질 법도 하지만 보통은 30분도 지나지 않아 화해를 했다. 어차피 하루 종일 붙어서 일을 해야 했으니까 질질 끌 수도 없었다. 싸움이 길어지면 곤혹스러운 건 어차피 우리 몫이었다.

"이거 봐 이거. 내가 너 이럴 줄 알았어."

매장에 들어서자마자 시작되는 잔소리에 오늘 하루도 시끄럽겠구나 싶었다. 귓구멍을 틀어막을수록 더 크

게 들려올걸 잘 알고 있기에 나는 네가 말하는 '이거'가
뭔지도 알아차리지 못한 채 재빠르게 대답부터 했다.

　"응? 왜?"
　"왜라니? 바닥에 테이프 안보여? 벌써 일주일 째
야!"
　26년이 넘는 시간을 전혀 다른 부모님과 생활환경
에서 자라온 남녀가 눈치 볼 상사도 없이 둘만의 직장
을 꾸려 각자의 할 일과 돈을 나눠가지는 것은 정말 힘
든 일이다. 결혼한 부부가 치약을 어느 방향에서부터 짜
는 것이 맞는지 같은 사소한 이유로 다투는 것처럼 정
말 생각하지도 못했던 작은 부분까지 맞춰 나가야 하는
것이 우리에게 놓여진 수많은 숙제였다. 그 숙제들은 늘
어려웠지만 그 중에서도 내게 가장 어려웠던 건 청소였
다. 평소 습관이 잘 길들여지지 않아서 그런 걸까. 이날
너는 나를 시험해보겠다고 매장 바닥에 붙어있던 테이
프를 일부러 가만히 내버려두었던 것인데 일주일이 지
나도 내가 그걸 치우지 않자 결국 폭발했다. 보이면 바
로 치우라고 몇 번을 말하냐며 소리치는 너에게 맹세코

나는 바닥에 붙어있던 테이프를 본적이 없다며 반박했지만 소용없었다. 나는 결국 이미 새까매져서 테이프인지 껌인지 알아보기 힘든 무언가를 맨손으로 곧장 떼어내면서 한숨을 푹 쉬었다. 그런 내 행동이 너를 더 화나게 만들었던 건지 네 입에서는 무자비한 잔소리가 폭포수처럼 쏟아져 나오기 시작했다.

"아 그럼 네가 해!"

듣다 못 한 내가 소리 질렀다. 사실 나는 알고 있다. 청소를 싫어하는 나 때문에 매장의 모든 청소를 네가 도맡아 하고 있다는 것을 말이다. 손님이 자주 드나드는 곳이라 쓰레기가 많이 나오는 데임에도 불구하고 나는 단 한 번도 쓰레기통에 종량제봉투를 씌워본 적도 벗겨본 적도 없었지만 우리 매장의 쓰레기통엔 늘 노란 종량제봉투가 씌워져 있었다. 공방도 마찬가지였다. 네가 없으면 설거짓거리가 미칠 듯이 쌓여 소품샵 일이 끝나면 너는 내 부탁으로 저녁에 잠시 들러 설거지나 청소를 해주고 가곤 했다. 입을 꾹 다물고 뒤돌아서 나가는 네 모습에 괜히 나도 고개를 휙 돌렸다. 그냥 미안하다고 하면 될 것을 뭐가 이렇게 꼬여버린 건지 나는 너에게 미안하다는 말이 잘 안 나온다.

"커피 마셔"

너는 금세 다시 돌아온다. 내가 가장 좋아하는 아이스 아메리카노를 사 들고 무뚝뚝한 표정으로 서 있는 네가 정말 사랑스럽다. 웃음이 절로 나오지만 나는 또 애써 감춘다. 내가 그 어떤 모진 말을 퍼부어도 너는 먼저 손 내밀어준다. 커피를 받아 들자 네 표정이 조금 밝아진다. 내 옆으로 와 옆구리를 쿡쿡 찌르면서 '미안하다고 해.'라며 입술을 삐죽 내밀고 투덜거리면 나는 또 '내가 왜?'라며 얄미운 소리를 하지만 우린 어느새 해맑게 웃고 있다.

연인과 동업을 하는 것은 일과는 전혀 관련 없는 불필요한 싸움을 하게 되는 경우도 분명히 있다. 서로 사랑하지 않았다면 절대 싸우지 않았을, 예를 들자면 '왜 업무 카톡은 보고 내 카톡은 안 봐!' 같은 일처럼 아주 사소한 것들로부터 시작해 어느새 불같이 싸우다 온종일 저기압으로 일을 하기도 한다. 둘의 감정이 업무에 직접적으로 영향을 미치게 되다 보니 일 처리가 더뎌 하루를 통째로 날려버린 적도 있다. 그럴 때면 연애와 동업 중 하나만 택했어야 했나 후회하기도 했다. 하지만 연인이기에 가능한 희생도 분명히 있기에 우리는 수많은 마찰에도 불구하고 여전히 함께 일을 하고 있는 것 같다. 사랑하는 사람과 함께 일을 할 수 있다는 건 정말 행복한 일이다. 우리는 여전히 싸우지만 나는 오늘도 무사히 너와 함께 퇴근을 했다.

장시온

마지막까지 쓰지 못하고 있던 작가 프로필, 무엇으로 나를 규명할 수 있을까. 짧은 문장 속에 '나'라는 사람을 가두진 못하겠지만 여기서 하고 싶은 '나'라는 사람에 대한 말은, 겉으로는 차가워 보이지만 속은 따뜻한 사람이라는 것. 다소 착해보여도 화낼 줄 안다는 것. 약간의 동심을 품고 살며 글로써 희망을 전하고 싶은 사람. 그래서 세상이 좀 더 아름답기를 바라고 꿈꾸는 사람. 소소한 것에 행복해 하고, 작은 것을 세심히 보는 사람. 그래서 조금 예민해 보일 수도 있는 사람. 가끔은 속을 알 수 없기도 그러다 너무 쉽게 들키기도 하는 사람이라는 것.

계란 한 판 앞에 두고 *

프롤로그 : 내가 책을 쓰다니!

한 달 뒤면 서른이다.

열아홉의 내가 생각난다. 나는 스물아홉의 12월보다 열아홉의 12월에 더 감수성이 풍부했던 것 같다. 열아홉의 12월에 '서른 즈음에' 노래를 틈만 나면 듣고 불렀으니 말이다. 스물아홉에는 아이러니하게도 한 번도 듣지 않았다. 다른 사람들은 서른을 앞두고 무엇을 할까. 지난 20대를 돌아보면 참 열심히 살기도, 열심히 살지 않기도 했다. 어떤 것에 열정을 가져도 이뤄지지 않는 것도 있었고 오해로 사람을 잃기도 하고 멀어지고 싶지 않은 것에 멀어지기도 했지만 기쁠 때는 기뻤고 천진난만함을 가지고 살기도 했고 다양한 경험을 하였으며 아프기도 걱정하기도, 웃기도 울기도 많이 했다.

스물아홉 해를 살아오며 나의 삶에 대해서 더 생각해 볼 수 있는 시간을 가져본다. 내가 그동안 떠나보냈고 상처 줬던 사람들이 제일 먼저 떠올랐고, 그 때 보다 성숙해진 지금 그 사람들을 다시 만나보고 싶다는 마음이 들었다. 미안했다고 말하고 싶었다. 그리고 나를 힘들게 했던 사람들이 생각났고, 지금은 아무감정도 없다는 것에 '오!' 했다. 역시 시간이 약이었을까. 그 다음 감사한 사람들이 생각났다. 감사한 사람들은 평생 내 마음 속에 있을 테니 그저 또 감사했다. 마지막으로 스물아홉 해를 살아오며 만든 여러 추억들과 기억들이 퐁퐁 샘솟았다. 살아온 날들, 살아갈 날들에 내가 믿는 하나님과 내가 듀오가 되어 만들어갈 길이 기대되었다.

사람들이 말하는 계란 한 판, 즉 서른 살을 앞에 두고 나는 아무렇지도 않게 일상을 살아낸다. 살아온 날들은 추억이며, 살아갈 날들은 기대이기에 후회는 하지 않기를 바랄 뿐이다. 난 앞으로도 내 인생 즐겁게 또 열정으로 살 것이다. 좋은사람들과 기쁨을 나누고 때론 슬픔도 나누며 인생에서 좌절이 와도 좌절도 하고 다시 일어나며 삶의 마침표를 찍는 그날까지 여러 장단으로 여러 음계를 찍으며 나만의 악보를 완성할 것이다. 바로 이렇게!

삶의 파도를 만날 때 나는 서핑을 하겠다

'제주에서 산다는 건 어떤 느낌일까?'

나는 어릴 때부터 제주도에서 꼭 한번 살아보고 싶었다. 어릴 때 가족여행으로 놀러갔던 기억이 좋게 남았었는지 아니면 야자수가 너무도 이국적이고 예뻤는지 어떤 이유인건지는 스스로도 알 수 없지만 제주도는 나에게 마냥 꿈의 섬이었다. 그렇게 마음속에 꼬옥 담아 두고 있던 제주의 꿈. 아마 할머니가 되어서 퇴직을 하고서야 제주에 머물 수 있을까 상상했었는데 그 기회는 생각보다 빨리 찾아왔다. 대학을 졸업하고 별다른 계획은 없었지만 그냥 살아보고 싶어서 제주도를 향한 것이다. '그냥'이라니! 하지만 때론 '그냥'이라는 단어가 삶의 운전대를 뒤집어 놓을 수 있다는 것을 믿으며. 물론 그 뒤에는 취업, 제주에서의 적응, 막연한 불안감 등 여러 고민이 있었지만 말이다. 무튼 6개월 정도 제주에 살게 되었고 그 기간 동안 일도 하고, 여기저기 구경도 다니며 행복한 시간과 기억들을 쌓아갔다.

그 해 여름의 한 가운데 서있던 나에게 인상 깊었던 것은 서핑! 제주의 햇살 반짝이는 푸른 바다에는 항상 서핑을 하는 사람들이 있었다는 것! 그리고 그들의 서핑 모습에서 나는 꽤나 진지하게도 삶을 바라보았다는 사실. 서핑을 하는 사람들은 괴팍하기도 또 부드럽기도 한 파도와 맞서며 넘어졌다 일어서고 물에 쫄딱 빠졌다가 다시 서핑보드를 잡았다 했다. 그 모습은 마치 어린아이 같았고, 파도와 장난치는 것처럼 보이기도 했다. 앞서 이 모습에서 꽤나 진지하게 삶을 바라봤다 얘기한 이유는 제주바다의 서핑풍경을 생각하면 넘어져도 다시 일어서고, 불안해보여도 꿀렁이는 재미가 있는 그 모습이 꼭 우리네 삶과 닮아있기 때문이었다. 서핑의 모습을 보자면 처음에 힘차게 서핑보드를 들고 달려가는 것을 보게된다. 이는 당연히 파도와 맞서는 것처럼 보여 진다. 하지만 실은 파도와 혼연일체가 되어 물의 흐름에 몸을 맡기고 따라가야 더 오래 서핑을 할 수 있다. 그것뿐만이 아니라 서핑보드에 몸을 의지해 중심을 잘 잡아야 넘어지지 않는다.

삶도 그런 것 같다. 어려운 일은 한꺼번에 닥친다는 그 흔한 말처럼 삶의 어려운 파도들은 정말 한꺼번에 몰려올 때가 많다. 말하고 싶은 건, 그 파도를 대하는 우리의 자세다. 정면 돌파를 하던 요리조리 피하며 서핑을 하던 간에 삶의 파도는 나와 당신을 마치 고장 난 시계가 제멋대로 돌아가듯 또 다른 곳으로 생각지도 못한 쪽으로 데려다 놓을 수도 있다. 또 알 수 없는 파도의 크기처럼 삶에서도 알 수 없는 어려움이 닥칠 때도 많다. 나를 철썩철썩 치며 몰아닥치는 그런 파도를 만나는 시점. 그 파도가 날 어디로 데려다 놓을지 모를 때의 불안감과 두려움. 당연히 뒷걸음질 치게 되고, 무서울 수밖에 없다.

나도 무섭게만 느껴졌던 그동안의 내 인생의 파도

들을 다시 한 번 되돌아보았다. 이 글을 쓰기 3년 전 내 인생에서 팡팡 터지는 여러 사건들과, 나라는 사람에 대해 또 그래서 성장한 나의 신앙에 대해 A4용지 약 50장 분량으로 작성하여 출판사에 투고한 적이 있었다. 또 주변 지인들에게도 그 글을 보여줬었다. 그 글에는 내 인생에 어려웠던 일, 극복했던 일, 작은 파도부터 큰 파도까지 여러 가지 사건들이 담겨있었다. 그 당시 나는 퇴고를 거치지 않은 초고 상태의 글을 그대로 보냈기에 출판사에서 아쉽다는 통보를 받았었고, 이 일은 아쉬웠지만 괜찮았다. 내게 가장 상처였던 것은 글을 보여줬던 지인들에게 순간순간 보이던 무시 섞인 눈빛과 이전과는 다르게 나를 대하던 행동들이었다. 그래서 그 땐 그 글로 열릴 선한영향력을 기대했는데 내가 잘못 생각한 건가? 아님 너무 솔직했던 건가. 하고 좌절과 무력감을 느꼈던 가슴 아픈 경험이 있다. 그렇지만 이젠 당당히 말할 수 있다. 나는 지금 일렁이는 파도에 아직도 흔들리는 나의 삶을 사랑하고 그래서 행복하며, 앞으로도 내가 행복할 수 있는 일을 하나씩 실천할 것임을. 그래서 나의 못난 부분도 더 사랑해주고, 사랑을 나눌 수 있는 사람이 될 것임을. 괜찮지 않아도 괜찮지 않음에, 또 다른 길이 펼쳐질 것을 기대하며 살아갈 것임을.

스스로에게 이렇게 말해보면 어떨까? 인생의 파도 속에서 누릴 수 있는 즐거움을 찾아내기를. 설사 파도가 내가 원하던 곳으로 데려다 놓지 않아도 서핑보드에서 내려와 다시 또 다른 파도를 찾아내 인생의 서핑을 즐기면 된다는 것을 깨닫기를. 그 가운데 나는 점점 성장하고 있다는 것을 발견하기를 말이다. 마음의 눈을 크게 뜨고 아픔과 좌절이 찾아올 때에도 가까이에 있는 소소한 행복들을 하나씩 찾아내보기를 바래본다. 그렇게 제주바다의 철썩이는 파도보다도 더 큰 삶의 파도를 마주칠 때, 이 글을 읽는 당신도 당연히 조금은 두렵고 어설프겠지만 당당히 자신만의 서핑을 해보길. 그래서 오늘도 웃을 수 있는 용기가 있길 조용히 기도해본다. 나 역시 앞으로 또 다른 삶의 파도를 만나도 신명나게 그 파도를 타보려고 한다. 설사 그 파도에 넘어지더라도. 그래, 기대된다. 내 삶이. 또 그대의 삶이.

그럼에도 괜찮아, 괜찮아

잘 달려가다 주저앉고 싶을 때, 나의 삶의 속도가 너무 느려 옆 친구와 비교될 때, 열심히 했는데도 그 열심히 허사가 될 때, 내 곁에 아무도 없다 느껴질 때. 내가 뭐라고 그대의 삶을 알겠냐마는 그럼에도 괜찮아. 라고 말하고 싶다. 10년 전쯤인가 인터넷 서핑을 하다가 누가 올려놓은 댓글을 본 것이 아직도 기억에 남는다. 기억을 더듬어보아 약간의 각색을 해보면 아마도 이런 글이었나 싶다.

「드라마 속 위기에 불안하지 않은 것은 해피엔딩으로 끝날 것임을 짐작하기 때문이고, 내 인생의 위기에 불안한 것은 해피엔딩으로 끝나지 않을 수도 있다는 것이 두렵기 때문이다.」

이런 짧은 글이 인상 깊었었는지 각종 인터넷 사이트에서 사용하는 내 아이디는 언제부터인가 '이름＋드라마' 형태를 띠고 있다. 내 인생이 곧 드라마 한편이라는 뜻이라고 열심히 살자고 만들었는데 이젠 그 아이디에 익숙해져 어떤 사이트에 가입해야해서 아이디를 새로 만들 때도 잘 바꾸지 않는다. 그대의 삶에 그럼에도 괜찮아! 라고 말하고 싶은 것은 지금 이야기 할 이 글들 속에 있다. 당신의 인생은 지금 승승장구를 달리고 있을 수도 아니면 누구에게도 보이고 싶지 않게 꽁꽁 숨어있고 싶을 수도 있다. 나 역시 두 가지 괘도를 젊다면 젊은 나이에 모두 겪었었다. 짧은 지면에 모두 담기도 어렵고 당신의 공감대를 사기도 어려울 수 있어 지면에 싣는 것은 미뤄두고 싶다. 간단하게만 말한다면 나는 많이 아팠었다. 몸도 마음도 말이다. 그러나 그 가운데에서 나에겐 많은 보석 같은 순간들이 남았다는 것을 지금에서야 회고한다. 이 책의 글에서는 내 인생의 자세한 스토리를 아직 완결되지 않은 미제사건처럼 궁금증으로 남기고 싶다. 내 삶도 아직 완결되지 않았기에. 그저 지금 당신에게 말하고 싶은 건 승승장구를 달려도 괜찮고 숨어있고 싶어도 괜찮다는 것. 그래도 어떤 삶을 살던 결국에 완성될 삶이기에. 그리고 각자의 삶에서 우리가 누군가에게는 작은 행복을 주던 사람이던 때가 분명 있었을 것이기에.

인생의 해피엔딩을 생각해봤다. 삶에서 긍정적인 부분을 부정적인 부분보다 더 많이 바라볼 때 '해피' 즉 행복의 부분은 더 커질 것이다. 정말 전형적인 얘기겠지만 말이다. 물이 반밖에 안 남았네 하고 말할 수밖에 없을 때 반을 다 먹어버리고 한 컵 듬뿍 채워 넣을 수 있는 용기가 삶에서는 필요하다. 때론 그런 용기가 삶의 궤도를 다른 방향에서 바라볼 수 있도록 도와주지 않을까? 꽁꽁 숨어있던 내가 용기를 내 이렇게 글을 쓰고 있는 것도. 물이 반밖에 안 남았네 하던 내가 물을 먹지 말고 커피를 마셔야겠다! 하고 돌아선 것도. 내 인생에 가끔 찾아오는 소소한 위기에 불안스러워도 내 인생 해피엔딩으로 끝나지 않아도 된다고, 그저 이 순간 그럼에도 괜찮아 또 하나 경험했잖아! 라며 나 스스로를 토닥이고 내 삶을 다른 관점에서 바라볼 수 있게 도와주었다.

너무 힘들어서 '괜찮아' 라는 말이 나오지 않을 때. 그냥 있는 그대로 스스로를 토닥거려 주는 것은 어떨까? 어떻게 아는가. 그때가 바로 그대 인생의 클라이맥스일지!

99℃에서 멈춰있다면

명언을 좋아하는 사람이라면 한번쯤 들어봤을 만한 명언이 있다. 바로 김연아 선수가 이야기 하여 널리 퍼진 명언이다. 그 명언은 다음과 같다.

「99도까지 열심히 온도를 올려놓아도 마지막 1도를 넘기지 못하면 물이 끓지 않는다. 물을 끓이는 건 마지막 1도, 포기하고 싶은 바로 그 1분이다.」

나도 이 명언을 들었을 때 '우와, 멋있다….' 생각했다. 더불어 그동안 내가 포기했던 많은 것들의 온도가 생각났다. 그리고 어떤 일을 해나가다 포기하고 싶을 때 가끔 이 명언을 떠올렸다. 그래서 마지막 1℃, 올라갈 듯

말듯한 그 새초롬한 온도를 올리려고 이 악물고 노력할 때가 있었다. 하지만 야속하게도 이 악물어도 그 1℃가 쉽게 허락되지 않을 때가 내 인생에서는 참 많았다. 그럴 때면 쉽게 좌절하고 인생이 꼬였다는 생각도 들었었다. 그런데 한 해 한 해 나이를 먹으며 또 다르게 이런 생각을 하게 되었다. 이럴 때는 99℃에서만 만날 수 있는 세계를 보면 어떨까. 하고 말이다. 100℃가 아니어도 야채는 데칠 수 있으며, 라면도 끓일 수 있지 않을까? 모두가 100℃가 되지 않아도 된다고. 그렇게 자신만의 온도에서 삶의 의미를 찾아내는 것도 길다면 긴, 짧다면 짧은 인생 속 소소한 재미가 될 수 있는데… 하는 생각 말이다. 모두가 한 방향을 바라보고 한 방향으로 향하면 세상은 참 재미없을 것 같다는 생각이 든다. 모든 것의 온도가 100℃라면 뜨거운 여름 누릴 수 있는 아이스크림 1개의 행복, 추운 겨울 연인과의 뜨거운 포옹, 햇볕 따사로운 날 시원한 그늘 아래에서의 휴식 등 이런 소소한 행복들을 놓치고 살아갈 수밖에 없지 않을까?

  그렇게 우리네 인생 속에는 여러 온도에서 만날 수

있는 세계가 있는 것 같다. 내가 좋아하는 노래 중에 이런 노래가 있다. 가수 이승철씨의 '아마추어'란 노래인데 노래방에 가면 빠트리지 않고 부르는 노래이다. 가사의 내용을 요약하자면 조금 늦어져도 즐기며 살아가자며 우리는 세상이란 무대에서 모두가 인생에선 아마추어란 내용이다. 나는 사회복지학과를 졸업했다. 자발적으로 했던 봉사도 있지만 의무적으로 했던 봉사도 있었는데 봉사활동을 할 때 봉사대상자들과 흔히 가질 수 있던 시간이 노래시간이었다. 이 시간에 꼭 봉사자들에게 노래를 한 곡씩 시키곤 했다. 나는 새로운 곡을 부르면 음정박자님들을 노하게 하는 '음치'라는 재주가 있었기에 내 음정에 맞고 가사도 잘 알고 있는 '아마추어', 바로 이 노래를 많이 불렀다. 봉사대상자들은 주로 사회적 약자라고 칭해지는 어르신들과 장애인분들이었다. 근데 이 노래를 부르면 훌쩍거리며 눈물을 보이는 분들이 종종 계셨다. 그런 상황을 자주 맞닥뜨리며 생각해봤을 때 아마도 노래의 가사가 공감대를 자극해서가 아니었을까. 그래서 나는 그들의 사연이 궁금했고 한편으론 삶의 낮은 온도에서 살아가는 사람들을 위한 글을 쓰고 싶다고 생각했었다. 춥고, 가난하며 외롭고, 우울한 사람들을 위한 글로써 희망을 노래하고 싶었다. '아마추어', 이 곡의 가사에 나도 뭉클할 때가 많았고 들을 때 마다 매번 새로운 생각을 하게 된다. 먼저 세상이라는 무대라는 단어가 그렇게 멋질 수 없었다. 게다가 인생, 그 알 수 없는 앞날에서는 정말 모두가 아마추어이고 직업적인 부분에서도 세상에는 프로보다 아마추어가 더 많을 것이다. 물론 언론에 나오는 천재적 능력을 지닌 프로들을 보며 나도 '우와, 세상에…' 하는 100℃에 한참 못 미치는 아마추어이지만, 그러므로 배울게 많음에 멀리 돌아가는 길에서만 볼 수 있는 풍경들도 있기에. 그저 하루를 나답게 나의 온도로 살아낼 뿐이다.

한해가 마무리 되는 이 시기에 나는 그래도 1년간 나만의 온도에서 무언가 하나는 이뤄놓은 아마추어가 되어있을 줄 알았다. 게다가 20대의 마지막 해가 아닌가! 그래도 올해 무언가 계속 시작을 하긴 했던 나에게 그저 칭찬을 해줘야 하나 생각했지만 이제는 이렇게 마음먹기로 했다. 무언가 이루기 위해 시작을 하면 경험을 얻게 되고 그 경험으로 나는 조금 더 성장한 아마추어가 되어 있겠다. 그래서 그 경험치를 나보다 조금은 덜 성장한 삶의 무대를 가지고 있는 아마추어를 위해 사용한다면? 그렇다면 세상에 알려지는 프로는 아니지만, 한 사람의 인생에 선한 영향을 줄 수 있는 99℃의, 아니면 다른 몇℃의 나만의 삶의 온도를 가진 무명이어도 행복한 아마추어가 될 수 있지 않을까?

나는 효자손이 그립다

"효자손 어딨어!"

어린 시절 많이 듣던 엄마의 목소리. 후다닥 도망가는 내 작은 발이 내는 소리. 어릴 적, 효자손은 아빠의 등 긁개보다 나의 엉덩이에 찰싹이는 매로 더 사용되었다. 효자손은 어린 나를 바른길로 이끌던 엄마의 맴매 손이었고 어린 나는 효자손을 대신하여 아빠의 등을 더 자주 긁어드리던 일종의 효녀 손을 가진 아이였다. 지금은 효녀손이라기엔 너무 많이 커서 어색한 나의 손을 보며 또 그만큼 어색해진 아빠와 나의 사이를 보며 어릴 적 아빠의 등을 긁어드리던 그 작던 효녀 손을 떠올린다. 언제부터인가 아빠와 이렇게 어색해진 걸까 하는 생각을 하며 가끔 TV에서 보이는 다정한 부녀를 보면 부럽기도 하고 저런 부녀도 있구나 하며 새삼스러운 마음을 가진다.

어린 시절 아빠는 나의 영웅이었다. 아빠는 경찰공무원이시고 강력계 형사생활을 하셨다. 내가 7살 때 아빠가 범인을 잡아가는 모습이 뉴스에 보도된 적이 있었다. 바로 그 다음날 나는 유치원에 가서 우리아빠가 범인을 잡았다며 그 작은 몸통으로 온몸을 휘적거리며 기쁨을 표현하였고, 그걸 보며 반짝반짝했던 유치원 친구들의 눈망울이 기억난다. 아빠는 나에게 자전거를 가르쳐주시고 농구를 가르쳐주시고 롤러스케이트를 가르쳐주시던 산타할아버지였다. 이제는 아빠의 정년퇴임이 약 4년밖에 남지 않았다. 나와 내 동생을 먹여 살리느라 아빠와 엄마의 얼굴에 생긴 세월의 흔적들을 보며 아직 철이 덜든 딸이라 죄송한 마음이 든다. 그리고 감사하지만 그 감사를 표현하는 법이 아직 서툰 내가 답답할 때도 있다. 그래서 이 글들을 쓰고 있는지도 모른다. 말로 하긴 쑥스럽고 행동은 더 쑥스러워 책으로 나오면 아빠, 엄마에게 선물해야지 하는 맘으로 말이다.

어릴 적 나를 바른길로 이끌기 위해 효자손이라는 제 기능을 못하고 내 엉덩이에 찰싹찰싹 달라붙던 그것, 효자손은 이제 작은 아이의 효도 방법이던 효녀손 대신 50대 후반의 아빠가 자주 찾는 물건이 되었다. 다음 달이면 서른이 되는 딸은 낡은 효자손을 보며 생각한다. 나 대신 아빠의 가려운 곳을 긁어주어 고맙구나, 하며. 효자손에 담긴 엄마와 아빠의 마음과 헌신으로 지금까지 살아올 수 있었다고. 또 효자손이 이렇게 낡기까지 나는 엄마와 아빠의 속을 참 많이도 몰라줬더라고….

그리고 마지막으로 이 말을 하고 싶다. 아빠, 엄마 존경합니다. 그리고 사랑합니다. 아빠와 엄마는 나의 영웅입니다!

그냥, 좋아서

아메리카노, 꽃, 어린왕자, 책, 디즈니영화, 사랑, 글쓰기, 드라마….

서로 연결되지 않는 단어의 나열들은 바로 내가 사랑하는 단어들이다. 몇 가지 단어들에게 생명을 불어넣자면, 나는 아침에 항상 커피를 내린다. 원래는 아침에 카페 아메리카노를 마셨는데 한 달에 쓰는 커피 값이 너무 부담되어 핸드드립으로 직접 내려먹는다. 핸드드립은 배우진 않았고 유튜브를 보고 따라서 내려 봤었다. 그냥 저냥 맛이 나서 평소엔 이렇게 마시고 카페 아메리카노는 가끔 마신다. 커피를 마셔야 잠에서 깨고 하루를 시작할 수 있는 힘을 얻기에.

나는 자연을 좋아한다. 특히 길에 핀 각기 다른 옷을 입은 꽃들, 초록 초록 잔디들, 지나가다 보이는 꽃집의 화사한 화분들, 계절마다 다른 여러 모양과 색깔의 이파리들을 입고 있는 나무들을 보면 너무너무 예뻐서 그야말로 마음이 힐링 된다. 그래서 꽃을 다루는 수업도 한 달간 들었었다. 그리워지는 그 때이기도 한데, 꽃 작품을 만들 때도 마음이 편안해지지만 그것을 누군가에게 선물하는 기쁨 또한 컸기에 한때는 꽃집을 운영할까? 하는 생각도 했었다.

내가 제일 좋아하는 책은 프랑스 작가 앙투안 드 생텍쥐페리의 동화 어린왕자이다. 어린왕자는 내가 초등학교 2학년일 때 학교 추천도서여서 읽은 책이었다. 그때는 책이 너무 어렵게 느껴져서 '이게 왜 추천도서일까?' 했던 것으로 기억난다. 그렇게 딱 1번 읽고 형식적인 독후감을 학교 숙제로 제출한 후 20대가 되도록 읽지 않았었는데 20대 중반 우연히 어린왕자를 다시 읽고 마음을 들썩이게 하는 어린왕자의 은유적인 표현들에게 완전히 반해버렸다. 인터넷에 '어린왕자 명언' 이라고 검색하면 나오는 수많은 문장들. 그 문장들을 인터넷에 올린 사람들의 끄덕끄덕 거려지는 공감대만큼, 어린왕자는 여러 가지 생각을 하게 해주는 책이다. 특히 난 인간관계 면에서 책으로 부터 위로를 받았다. 내가 살면서 가장 어렵게 느껴지는 부분이 바로 이 부분이었기 때문이다. 나는 재치가 있는 사람도 아니고, 눈치는… 있다고 말하고 싶지만 지인들은 없다고 말한다. 왁자지껄한 분위기에선 번 아웃도 금방 오고 소수의 사람을 깊게 사귀는 편이다. 그리고 사람으로부터 힘을 얻기보다는 혼자 있는 시간, 예를 들자면 책을 읽고 묵상하고 커피를 마시는 소중하게 여기는 나만의 시간들에서 재충전을 얻는다. 다시 어린왕자 책이야기로 돌아가자면 아직도 나는 어린왕자를 다 이해하진 못한듯하다. '어린왕자는 왜 여우를 두고 장미에게로 갔을까?' 라는 궁금한 마음이 그것이다. 믿을지 모르겠지만 정말로 가끔 그 궁금증을 생각하며 길을 걸을 때가 있다. 그 궁금증은 역시 내가 할머니가 되면 해결될까. 그리고 책, 이 단어를 두고 바로 이 지면에 좋은 이유를 썼다 지웠다 썼다 지웠다 했다. 그렇다. 이는 아직 글로 다 표현할 수 없다는 것이다.

책을 읽는 시간은 어릴 적부터 하루에 시간을 가장 많이 부어넣는 취미활동이자 배움의 시간들이다. 그리고 내가 가장 좋아하는 시간이기도 하다. 요새 내가 즐겨보는 유튜브 채널이 있는데 김겨울 작가님의 '겨울서점'이라는 채널이다. 김겨울 작가님의 책에 대한 애정을 보면 흐뭇하게 저절로 공감대가 생기는 것이 느껴진다. 그리고 나도 여러 책을 동시에 읽는 습관이 있어서 작가님의 책 읽는 루틴들을 보며 흥미로웠다. 이 채널을 보며 책 편식을 버리고 다양한 장르의 책을 읽게 된 점이 감사했다.

그 다음 드라마, 난 좋아하는 드라마는 여러 번 다시 돌려봤었다. 드라마를 돌려볼 때마다 새롭게 느껴지는 것도 있고 다르게 보이는 것이 있기 때문에. 요즘엔 할 일이 많다는 핑계로 돌려보기는 멈춤이지만 말이다. 드라마를 너무 좋아해서 20대 초반에는 드라마 작가를 꿈꾸기도 했다. 사실 아직도 무의식 속에 그 꿈이 콩닥거리는 것을 느낄 수 있다. 과거를 돌아보면 내가 어릴 때 우리 엄마도 드라마를 많이 좋아하셨던 기억이 난다. 그래서 늦은 저녁시간 엄마와 함께 앉아서 때론 웃으며 때론 슬프게 드라마를 보던 시간이 참 좋았던 생각이 난다. 맞다! 좋아하는 드라마가 하는 요일이 되면 아침부터 하루 일과를 신명나게 시작하던 때가 있었다. 추억이다.

마지막으로 이렇게 내가 좋아하는 단어들을 나열한 이유는? '그냥, 좋아서.' 이 글을 읽고 있는 그대도 그대의 맘속에 품은 소소한 단어들로 그냥, 좋아서. 그래서 행복했으면 좋겠다. 내가 이 글을 쓰며 행복한 것처럼.

최다솔

'넌, 생각이 너무 많아.' 어릴 때부터 듣던 이야기가 어른이 되어서
도 따라왔다. 그때 머릿속을 스치는 생각. '난 글을 써야겠구나. 남
들보다 섬세하게 귀 기울이고 볼 수 있다면 글로 풀어내야지.' 작가
의 약력은 다음과 같다. 첫 작품은 편지지에 쓰기 시작한 시. 그러다
옮겨간 인스타그램 속 나만의 백일장. 모여서 써보는 건 어떨까 해서
나간 글쓰기 살롱에서 쓴 스무 개 남짓 글들. 쓰다 보니 재밌네. 계속
써야겠다. 책으로 만들어진 이 작업이 현재까지 작가의 프로필이다.

제가 살 곳은 제가 정할게요 *

프롤로그_스스로 찾아가는 길

취직 3년 차의 나, 열정과 파이팅이 넘친다는 것 빼고 여느 직장인과 다름없다. 마냥 해맑던 신입은 이제 없고, 실적 내기 힘들어지는 영업환경과 들불처럼 번진 코로나에 침대 속으로 들어가 버린 직장인. 얌전히 침대에 머무르면 좋을 텐데 마음 속 행복의 방향을 비추는 별을 품고 살아 자신을 괴롭힌다.

움직여야만 한다. 나의 행복을 위하여 필요했던 건 새로운 거주공간이었다. 인천에 한번 터를 잡으면 쉽게 떠나지 못하는 사례를 많이 보았지만 나는 예외가 되기로 했다. 떠날 거면 지금이 적기라는 음성이 들려오는 것만 같았다. 쌓이기 시작한 연차, 발전을 위하여선 모로 가도 큰 곳에 가라는 조언, 직업 외적인 배움의 욕구를 실현하기 위한 최적의 인프라가 갖춰진 곳. 그 모든 이유가 목적이 되어 이사 가기로 결정했다. 어디로 가야 잘 갔다고 소문날지 고민하였다. 졸업한 대학교와 친구들이 많이 있는 수원 광교로 가볼까? 발령이 안 날 수도 있으니 인천과 가까운 강서는 어떨까? 여러 후보를 제치고 내가 가기로 한 곳은 서울의 을지로다. 을지로는 내게 행복을 알려준 동네다. 초행길이었던 20대 중반의 삶, 첫 직장, 연애, 사람들 속에서 길을 잃었을 때 을지로에 위치한 영어 학원에 다니며 삶의 방향을 찾았다. 행복은 남에게서 빌려오는 것이 아니라 스스로 찾아가고 채워가는 것이라는 교훈 말이다.

그 때의 교훈을 잊지 않고 하고 싶은 것을 실천함으로 자신의 행복을 찾아가기로 했다. 앞으로의 꿈은 더 원대하다. '행복'과 사람명사를 만드는 영어 접미사 '-st'를 붙여서 스스로 행복한 사람, '행복_st'로 사는 것이 꿈이기 때문이다. 이 글은 내가 '행복_st'로 살기 위해 을지로에 터를 잡아가는 여정과 삶의 방향성을 찾아가는 이야기다.

동태 눈깔, 다시 빛나기 위해

'하, 오늘도 눈은 자동으로 떠지네. 출근하기 싫다. 돌처럼 아무것도 하지 않고 누워있고 싶다.' 입사 직후, 동기들 사이에서 파이팅 넘치던 나는 열정 넘치는 소녀로 불렸다. 일하게 된 것에 감사하며 아침에 디즈니 노래 모음을 듣고 출근 텐션을 최고조로 끌어올려 일했다. 그 당시 외치고 다녔던 다짐. '동기야~ 우리는 오래 일해도 초점 잃은 동태 눈깔 되지 않고 초롱초롱한 눈빛 담아서 은퇴하자!' 흔히 말하는 진상 고객들에 치이고 불가능도 가능으로 만들어 내야 하는 목표실적에 치여 내 눈빛이 흐려지기 시작한 건 정확히 1년 후였다. 오래 버텼지만, 아침마다 직장인의 머릿속을 맴도는 생각이 내게도 비껴가진 않았다. 출근 아직 하지 않았지만, 퇴근

하고 싶다.

직장은 매일 새롭고 신박하다. 해결책이 필요한 과업들을 척척 해결해 내는 슈퍼 히어로. 그것이 바로 취직하기 전 내가 꿈꿨던 이상들이다. 현실은 하늘 아래 새로운 것은 없다고 익숙해져 버린 업무에 쳇바퀴 속력을 높일 수 있게 된 햄스터 그게 나다.

나는 금융서비스를 제공하면서 고객의 불편 사항을 상담하고 해결해주는 일을 한다. 신입 땐, 많은 거래코드를 외우지 못하고 다각도로 불편 사항을 살피지 못하여 항상 긴장해 있었다. '내가 모르는 것을 요구하면 어떡하지?', '연수원에선 입금과 출금, 해지만 배웠는데….'라는 생각에 번호표를 누르는 것이 두려웠다. 심장이 콩닥 하면서 누른 호출기. 띵동-소리가 청아하게 울리고 다음 고객님이 자리에 앉았다. '저 보이스 피싱 당해서 피해구제 신청하러 왔는데요?' 오 마이 갓. 본점에 전화하고 규정을 찾아보다 케이스별 업무처리 절차가 달라 선배님께 도움을 청해본다. '선배님 이 케이스는 어떻게 처리하는지 아시나요?' 돌아오는 대답은 생각보다 차가웠다. '나에게 달려오지 말고 모르는 것을 스스로 해결해보는 습관을 키워야지.' 영업점에선 신입을 받으면 업무를 처음부터 알려줘야 되서 싫어한다는 얘기는 익히 들었지만 진짜 현실이었다. 별 소득 없이 자리에 돌아와 고군분투를 하다 보니 은행 영업시간인 4시를 훌쩍 넘겨 시곗바늘은 5시를 향해가고 있었다. 진땀 흘리며 업무를 하는 모습을 바라보던 고객님께서 침묵을 깨고 화를 버럭 내며 한마디 하셨다. '거~참. 너무들 하시네. 신입직원이 이 시간까지 쩔쩔매면, 한 명은 와서 도와줘야 정상 아닙니까?' 그 순간 눈물이 핑 돌았다.

눈물 고이던 순간들을 몇 번 지나고 나니 후배들에게 '라떼는 말이야, 이렇게 도와주지 않았어.'를 말하기 시작하는 젊은 꼰대 선배가 되었다. 웬만한 거래들은 메뉴얼화되어 업무노트에 기록되었고 여러 차례 복기함으로 자연스럽게 외워졌다. 이제는 기존에 해보지 못한 업무에 대한 문의가 와도 당황하지 않는다. 고객님께 자연스럽게 인사말과 질문을 건네며 빠르게 관련 규정을 찾아 물 흐르듯이 업무를 볼 수 있다.

　사람은 참 신기한 동물이다. 쩔쩔매던 순간에서만 벗어나고 싶었는데, 직장생활도 적응이 되자 인생의 목표가 갑자기 사라진 것 같았다. 눈뜨고 출근하면 일하고 퇴근한 후엔 침대와 한 몸이 되었다. 평범해 보이는 하루를 살다 보니 어느새 한 달, 그것이 쌓여 만으로 2년이 지났다. 불 꺼놓은 침대 위, 늘 보던 인스타그램 속 피드를 한번 훑은 후 천장을 보며 생각했다. '앞으로 어떻게 살아야 할까. 지금의 나는 어디쯤 서 있는 걸까?', '유니폼을 입고 일하는 직장에서의 존재가 내 전부인가?' 길을 잃은 것만 같은 이 기분. 참 지독한 인간의 욕구 5단계다. 먹고 살 수 있으니, 자아실현의 고민을 하고 있었다. 지나치는 순간이라 여겼던 고민은 생각보다 끈질기게 쫓아다니며 나를 괴롭혔다. 고요한 사색의 시간을 보낸 후 내린 결론은 회사 내 역할로서 존재하는 나로 만은 행복하지 않다는 점이다.

　삶의 방향에 대한 갈피가 잡히지 않자 막막해져 오

는 나날들이 이어졌다. 불행 중 다행이라고 나의 재능은 한번 가본 길은 금방 떠올린다는 것이었다. 지금도 길을 잃었으니 가장 선명했던 행복을 느꼈던 길을 떠올려보자. 그렇다면, 아무래도 다시 가야겠다. 을지로.

다시 가야겠다. 을지로

　　을지로 역사 내 그림 전시회에는 공간에 대한 특별한 기억은 삶을 지탱하는 힘이 된다는 소개 글이 있다. 더 추가할 것이 없을 만큼 그 말은 내가 을지로에 품었던 감정을 정확히 표현해주었다. 청춘이라 불리는 시간 속을 걸어갈 때 을지로는 나에게 나아가야 할 방향을 명확히 비추던 북극성 같았다.

　　길을 잃게 된 계기는 단순했다. 누구나 가는 길 같아서 따라갔지만, 미로 속으로 들어가는 길이었다. 입사 후 당찬 신입의 각오로 고객 만족을 내 손으로 일구겠다는 마음으로 일했다. 불타는 열정을 담아 일하고 업무 관련 공부를 했다. 쉴 틈이 생길 땐, 쇼핑 하고 친구도 만나고 누워있기도 하며 살았다. 멀쩡하게 사는 것처럼 보였지만 어느 날 문득, 허전하다는 생각이 들었다.

허전함을 채우고자 향한 시선은 사람이었다. 사람을 목적으로 한 여정에서 만난 여행자들은 신비로웠다. 나와 달랐으며 다름에서 오는 매력에 마음을 빼앗겼다. 다름에서 오는 이질감이 내 삶에 들어온다면 활력이 돌 것이라 믿었던 건지 하나씩 다 내어줬다. 시간, 물질, 관계, 나 자신까지도 양보 못 할 건 없었다. 그 가치를 알아주는 여행자를 만났으면 좋을 뻔했지만 전 남자친구를 포함한 모든 인연이 나의 일지 속 잠시 머물다 떠난 여행자로 명명되었다. 즐거운 순간도 있었지만 내 인생의 GPS가 그곳에선 방향을 인식할 수 없다고 했다. 그때 내 마음을 울리는 메아리. '너 스스로가 진정 행복했으면 좋겠어. 타인으로부터 오지 않더라도' 당시 나에게 '행복이 무엇이라 생각해요?' 묻는다면, '마음속 결핍을 느끼지 않는 긍정의 단어로만 표현될 수 있는 기분 상태'라고 답했을 것이다. 지금까지도 이 정의는 유효하다.

스스로 행복해지기 위하여서 하고 싶은 건 무엇일까?, 영어를 배우고 싶었다. 내가 일하는 곳엔 외국인 손님이 자주 온다. 'Hello, May I help you?' 어학연수 경험이 있던 난 그들을 응대하는 것이 상대적으로 수월하다. 귀에 때려 박히는 발음이라고 농담을 치면서도 외국인 손님과 대화가 된다는 사실만으로 동료들은 나를 대견해하고 칭찬해준다. 스스로는 아쉬움이 많이 남는 실력인데 말이다.

공부에 전념하고 미국에 자리 잡으려고 호기롭게 떠난 연수였지만, 물가는 높았고, 사정은 어려워져 어른들은 3개월 만에 귀국을 권했다. 악과 깡으로 6개월을 더 버텼다. 주어진 환경에선 열심히 했다고 생각했음에도 돌아온 후 미련이 많이 남았다. 지인들은 중국, 일본도 가본 적 없이 먼 타국에서 잘 지내다 왔다고 칭찬했지만 나 자신에게는 스스로 의문이 들었다. '과연 그 시간 속에 최선을 다한 게 맞을까?', '그들이 사용하는 진짜 생활언어를 배우려 했을까?', '여전히 교과서에서 배운 단어 조합으로 버텼던 건 아닐까?' 남아버린 학업에 대한 아쉬움을 해소하고자 원어민 회화를 다시 배우기로 했다. 직장인을 배려한 평일 저녁 수업이 많지 않았지만 시간대가 있는 을지로 학원에 다니기로 했다.

학원 수업은 언어 학습에 대한 열망뿐 아니라 직장에선 하지 못했던 사회문제 토론에 대한 목마름도 채워주는 오아시스 같았다. 원어민이 쓰는 표현을 배우고 발음을 고치는 것만으로도 두 시간 수업은 알찼다. 그러나 여러 분야에 해박한 선생님을 만나 사회, 문화와 같은 주제를 꺼내도 심도 있는 대화가 이루어졌다. 영어라는 외국어가 주는 특별한 힘도 있었다. 한국말은 고객 상담을 위해 온종일 쓰기 때문에 질릴 때도 있는 오래된 도구였다. 하지만 수업 시간 속 영어는 다양한 주제에 대한 내 의견을 표현하기 위해 배워야 하는 신식 도구였다. 이러한 점에서 영어는 회사 속 나와 퇴근 후 존재하는 나를 분리해주는 마법의 주문 같았다. 을지로 학원에 다니면서 사회 친구도 여럿 생겼다. 선생님이지만 동갑이었던 파란 눈의 친구, 직장 내 역할을 벗고 같은 반 수업에 앉아 자신의 의견을 말하는 사람들 모두 친구가 되었다.

    당시의 파란 눈 선생님인 벤에 대해선 자세히 말하고 싶다. 벤은 한국에서 성별, 나이를 넘어 다양한 사람들을 만나고 놀 땐 다음 날이 없듯이 논다. 그것이 살아 있는 배움의 시간이라 여기는 친구였다. 다른 면모도 눈길을 끌었다. 자신의 강의 스케줄 내 공강을 활용해 일본어를 배우던 아이, 캐나다의 SKY라 불리는 맥길 대학을 나왔지만 돌연 한국행을 택한 아이, 주말엔 댄스를 배운다는 아이. 부모님의 이혼을 덤덤히 말하고 존중할 줄 아는 아이. 나랑 나이가 같지만, 자신만의 삶을 꾸려가는 그 아이가 부러워 보였을까. 둘만의 수업을 하게 된 날 야외수업을 하자고 나가 저녁을 먹으며 그 아이에게 물었다. '넌 왜 그런 생각을 하고 선택을 했어?' 벤이 한 대답은 자기는 이렇게 살 때 행복하다는 것이었다. 종로 한복판 횡단보도 위에서 나와 다른 듯 비슷한 친구 벤과 젊음의 특권과 삶의 주도성에 관해 토론하며 걸었다. 사생활 선을 침범하지 않으면서도 서로의 삶을 암묵적으로 응원하는 느낌 때문이었을까. 순간의 분위기 때문이었을까. 그 장면이 나에겐 낭만이었다.

파란 눈의 친구처럼 시간 낭비하지 않고 하고 싶은 걸 하자며 학원수업과 함께 운동을 병행했다. 틀어진 체형을 맞추고 싶어 선택한 기구 필라테스. 하고 싶은 게 더 생겨 주말엔 글쓰기 하러 격주로 소셜 살롱에 다녔다. 월, 화, 수, 목, 금, 토 일정을 참 열심히 살았다. 학원이 끝나면 새벽 1시, 다른 날도 엇비슷했지만 피곤함보다는 뿌듯함과 완연한 만족감을 느끼며 잠이 들었다. 사정상 학원 수업을 더는 들을 수 없게 되었을 땐 을지로라는 장소에도 이미 애정이 꽤 깃든 상태였다. 학원가는 길, 저녁을 때우고자 들어갔던 카페에서 처음 본 낯선 직원은 어느새 얼굴만 봐도 알아서 쿠폰을 찍어주시고 음료를 살 땐 항상 빵을 서비스로 담아주셨다. 학원을 마지막으로 가던 날, 그동안 감사했다며 선물을 준비했고 직원과도 웃으며 안녕을 했다. 계절이 몇 번 바뀌고 방문했을 때 마스크 위 눈만 보고도 알아봐 주는 쾌감은 말로 설명하기 어려웠다. 매 달 종로 젊음의 거리, 을지로 포장마차, 서촌 곳곳을 누비며 책걸이도 진행되어 추억은 쌓이고 새롭게 가보고 싶은 가게는 늘어만 갔다. 일찍 도착하는 날 청계천을 옆에 끼고 바라보던 그라데 이션 효과가 적용된 것 같은 붉은 노을까지도 완벽하게 아름다웠다. 을지로에선 결핍감 없는 행복이 나를 감싸 는 것만 같았다. 근데 순도 높은 이 감정, 마치 데자뷰 같 다.

착한 아이 콤플렉스

전율이 올만큼 짜릿하게 행복한 느낌, 분명 처음이 아니다. '그때도 추운 길거리에서 느꼈는데…. 아! 맞다 나 잠깐 시카고 살 때 클라이밍 하다가 돌아오는 길 그때구나.' 다른 이의 눈치를 보지 않을 수 있는 공간이었던 미국에서 악력을 키우기 위해 해보고 싶었던 운동, 클라이밍에 도전했다. 물리적 악력을 키운다면 내가 자유로워질 수 있을 것만 같았다. 눈치, 한국인을 이끄는 위대한 강점인 그것이 항상 내 발목을 잡던 족쇄였다. 눈치를 보게 된 이유는 가정사에 있다.

어릴 때 부모님 중 한 분이 지병으로 돌아가시고 한부모 가정이 되었다. 가정의 생계를 보살펴야 했던 한 부모, 첫째의 무게가 벅찼던 언니, 어린 막둥이 남동생 사이에서 나는 착한 아이가 되어야만 했다. 착한 아이가 된다는 건 선택이 아니라 생존이었다. 왜냐면 선택지가 가정의 파괴, 순응하지 않을 때 돌아오는 매질 둘 뿐이었으니까. 눈치껏 가정 내 분위기를 살피는 것이 나만의 생존 방법이었다.

물리적 폭력은 일어날 때마다 강하게 나를 짓누르던 지옥이었다. 유리 체중계를 포함한 위협적인 물건들이 나를 향하여 날아오던 순간이 많았다. 울면서 세야 했던 마대 자루 빠따는 삼십까지 센 후로 기억이 나지 않는다. 본보기를 보여야 한다며 동생 앞에서 얼얼함조차 느껴지지 않을 때까지 맞은 싸대기. 폭력의 흔적은 점차 가릴 수 있었던 부분을 넘어 얼굴까지 뻗쳤다. 피멍 자국을 본 지인이 신고한다 해도 사실대로 말하지 못하고 넘어진 거라며 삼키던 순간들. 끝이 없는 긴 터널이었다. 학교에서도 부모님이 불려 가면 안 되니 얌전하게 지내며 공부도 열심히 했다. 청소는 기본에 동생을 챙기는 것도 항상 내 몫이었다. 어린 나이에 어깨에 진 것이 무겁다 느꼈지만 홀로 있는 부모님도 힘들어서 투정은 못했다. 폭력을 해결하는 방법도 간단했다. 나만 참으면 가정이 조용하니 중재는 어른들에게 필요치 않았다. 있던 일을 알리면서 운다고 맞은 곳을 또 맞았다. 그렇게 나는 폭력이 이뤄져도 더는 말하지 않았다. 대신 잘못하지 않아도 상대의 기분을 먼저 살피고, 사과하는 게 습관이 되었다. 좋게 말하면 눈치가 빨라지게 된 것이지만, 눈치의 다른 이름이 가스라이팅인 것 같다고 느낀 첫 순간이었다. 타의에 의한 눈치, 가스라이팅을 경험했던 순간들의 잔상은 마음의 블루로 남겨졌다. 이따금 생각 날 땐 평범하게 살 자격이 없다며 나를 어둡고 깊숙한 곳으로 끌어내렸다. 물리적 폭력은 25살, 꽃다운 얼굴과 몸에 피멍을 남긴 채 진정으로 삶을 끝내고자 한 이의 눈물 호소로 끝이 났다.

지금도 꺼내기가 아픈 숱한 밤을 지새우며 이 환경에서 간절히 떨어지고 싶다고 생각했다. 그렇던 중 대학교 4학년 때 우연히 미국 연수를 가게 되었다. 형편이 드라마틱하게 나아진 건 아니었고, 다만 큰 세상을 보길 원했던 혜안을 가진 어른들의 뜻이었다. 한국을 떠나 공간의 분리가 일어나니 나를 구속하던 관계로부터 한 발치 멀어질 수 있었다. 숨통이 조금 트이는 것 같았다.

　미국에 도착하여 낯선 땅에 적응하며 열심히 살던 어느 날, 대규모 클라이밍 센터를 지나치게 되었다. 가슴 속에 어떠한 열망이 생각나 두근거렸다. '맞지만 말고 너도 때려.' 가정 내 폭력으로 힘들어할 때 친구들이 해준 조언이었다. 하지만 이미 머리채를 잡힌 순간 땅에 꽂혀 옴짝달싹 못 하기 때문에 그 조언은 내게 신기루 같았다. 체급과 힘이 대등해야 반격도 가능하다. 싸움의 시작인 '잡기'를 잘하기 위하여 악력을 키우고 싶었다. 먼저 잡고 놓치지만 않는다면, 켜켜이 쌓인 서러움을 담아 아주 휘모리장단으로 때려 줄 텐데 말이지.

　악력을 키우는 클라이밍을 한국에서도 배우고 싶었지만, 생계를 위한 아르바이트를 핑계로 뒤로 미뤘었다. 시카고에 가장 큰 규모라는 클라이밍 센터를 보자 내 마음은 다시 쿵쾅거렸다. 왠지 지금 도전해보지 않으면 나중도 없다는 생각에 클라이밍 센터의 문을 열고 들어갔다. 오르다 떨어지길 반복하며 1단계도 성공 못 했지만 해보고 싶던 운동을 해본 것만으로 감격스러웠다. 또 하나의 재미는 로프도 없이 각진 암벽에 스파이더맨처럼 붙어있는 모습, 성별에 상관없이 잔근육이 잡힌 모습에 내 모습을 대입해보는 것이었다. 비용 문제로 인하여 암벽을 한 번 더 타고 온 후 나의 클라이밍은 끝이 났다. 운동을 끝내고 집으로 돌아오는 길 벅찬 두근거림과 만족감이 느껴졌다. 미국에서 클라이밍 그것이 행복했던 이유는 무엇일까? 눈치 보지 않고 스스로 결정했고 하고 싶던 일을 해본 것. 답은 간단했다.

가슴이 벅차다는 기분을 경험해 보니 이후의 미국 생활도 편해졌다. 하기 싫은 건 떨어내 버리고 해보고 싶은 건 과감히 도전했다. 공동 거실에서 원나잇을 하던 외국인 룸메이트가 싫어서 이사를 했다. 인생에 한 번뿐인 기회를 놓치고 싶지 않아 체류비를 아껴 모은 돈으로 미국 내 자유여행도 떠났다. 행복하기 위해 시도를 했던 나날은 치열하기도 했고, 짠하기도 했지만, 기억 속 반짝이게 아로새겨졌다. 아로새겨졌단 의미는 어둠이 와도 행복의 빛을 향해 간다는 뜻이었다. 취직 후 다시 영어를 배우고자 한 것도 이 때문이다.

　을지로로 가기로 마음먹기 전 나를 둘러싸고 있던 어둠은 내 인생을 스쳤던 여행자들이었다. 그들은 호기심에 잠시 다가왔지만 떠나기 전 마음을 난도질하고 떠났다. 관계에 큰 노력을 할애했던 나는 베인 상처를 움켜쥐고 어둠 속에서 무기력하게 앉아있었다. 어둠이 익숙해질 때쯤 기억의 저편에서 자신을 기억해달라는 듯 환한 빛이 깜박였고, 나는 일어나 그곳을 향해 걸어갔다. 행복했던 을지로로 가서 자신을 가장 아끼던 나의 모습을 되찾기로 했다.

친한 적군 vs 관전자 우군

을지로 프로젝트 2단계. '가기로 했으나 어떻게 가야 하지? 집은 어떻게 구하지?' 금융 관련 분야에 일하는 특권을 이랄까? 밥 먹으면서 대출계에서 일하는 동료에게 툭 뱉어본다. '아, 이사 가고 싶다. 근데 비싸서 못 가겠지?' 낚싯대를 던졌고 찌를 물은 건 나이 차가 나는 대출계 언니였다. '야, 내가 대출해줄게. 가! 청년 대출로 20대 직장인이 대략 2억 받고 갔어. 그래봤자 이자는 요만큼이야. 너도 그 정도는 낼 수 있잖아.' 옳지! 이거다. 언니 고마워요. 그래. 직장 동료가 해준다는데 가자. 일단 고.

예산이 정해져 있어 을지로에서 보고 올 건물은 두 개뿐이었고 시간이 오래 걸리진 않았다. 들뜬 희망을 품고 주말에 방을 둘러본 후 동료한테 말했다. '언니 저 여기 보고 왔어요. 대출되는지 한번 봐주실래요?' 동료는 해당 물건을 보고 나를 불러 말했다. '여기는 신축이라서 시세가 안 나와. 여긴 못 가겠다. 다른데 알아봐.' 쿵 마음이 내려앉았다. '언니 저는 다른 지역은 가고 싶지 않은걸요? 곧 사내 시험도 있어서 시간도 없고요.' 그렇지만 이건 내 사정이었고, 물건이 까다로운 조건이라는 사실은 변하지 않았다. 안된다고 쉽게 물러설 내가 아니다. 그 집에 가고야 말 테다. 대출을 받아줄 은행을 찾아 10통 넘게 여러 은행의 지점과 본점에 전화를 걸어보았다. 내가 말할 땐 불가피했지만 고객으로 당해보니 짜증이 나는 말. '저희 지점은 관할이 아니어서요. 다른 부서나 지점에 알아보시겠어요?' 목 끝까지 올라오는 말 '이거 뺑뺑이 돌리는 거잖아요.'를 간신히 눌렀다. 관할지점에 전화를 걸어 읍소에 가까운 설득 후 대출해주겠다는 은행을 찾았다. 그렇게 2단계 초입을 통과했다.

은행엔 옛날부터 내려오는 전설이 있다. 은행 내 소문은 경주마 같아서 사회보다 빠르다고. 대출은 다른 은

행에서 받기로 했음에도 어느새 내 이사는 공공연한 화
젯거리가 되어있었다. 화제가 되면서 내 주변의 관계가
두 가지 유형으로 나뉘기 시작했다. 친하지만 수많은 조
언을 가장한 첨언으로 날 지치게 하는 '친한 적군 형',
소식을 들었지만 티 내지 않고 필요한 순간 도움의 손길
을 내밀며 응원하는 '관전자 아군 형'이다.

친하다고 생각했던 사람들이 적군이 되기까지 결정
적 역할을 한 것은 '말'이었다. 친한 적군들에게 을지로
프로젝트가 노출되고 난 후, 나의 모든 행동은 이사계획
과 연결 지어졌다. 일이 많고 말이 거친 고객님이 많이
왔다 간 한 주. 내 계획은 화풀이의 소재거리가 되었다.
'한 주가 힘들죠? 고생하셨어요. 저도 혓바늘이 났어요.
과장님.' 과장님에서 입에서 나온 말. '이사 갈 계획 세
우느라 난 거 아니고?' 옆자리 대리님도 빠질 수 없다.
고객과의 업무 정리를 다 하고 잠시 집에서 걸려온 전
화를 받는 내 모습을 보며 말한다. '대출 알아본다고 헛
짓거리하지 말고… 너 할 일 다 했니?', '엄만데요?'라
는 말은 하지 못한 채 할 일을 찾기 시작한다. 역시 사생

활은 회사 내 누구도 모르는 게 가장 속 편하다. 알게 된 순간 나의 행동에 대한 사실관계는 중요하지 않고 사생활과 연관 지어지기 때문이다. 유명한 책 제목처럼 이럴 때 나는 어른이 되어서도 가끔 울고 상처받는다. 선배들이 날 서 있던 한 주는 나의 대출이 진행되는 시기가 아니었다. 많은 내점 고객이 와서 누구보다 열심히 일했다. 선배들이 대기 고객을 두고 잡담을 할 때도, 육아를 이유로 전화를 받을 때도 후배가 잘하자는 마음가짐으로 묵묵히 번호를 누르고 고객을 맞이했다. 그런데도 일하면서 까다로운 고객과 많은 업무량으로 인해 지친 마음의 화살은 나에게로 향했다. 역시 사회란 정글이지만 감정노동자들이 모인 여기는 세렝게티.

저번 주엔 젊을 때 서울로 가서 열심히 배워야 한다고 논리를 펼치던 선배들이었다. 친하다고 생각한 동료들이 적군이 되는 이유는 나의 열심이 폄하되고 이사가 약점으로 잡혀서만은 아니다. 그들이 조언이라고 생각하는 말을 들을 때, 날개가 꺾이는 기분이 든다. '이사 갈 돈은 어떻게 마련할 거니? 젊어서 대출 내는 건 좋지 않아. 인천에 살아.', '혼자 살면 무섭지 않겠어?, 발령 안 나면 어떻게 하려고.', '어린 나이 아니니까 시집갈 때 대비해서 돈을 모아야지.'…중략. 걱정이 섞인 말인 걸 알면서도 이런 조언은 나를 한걸음 무겁게 뒤로 끌어 당긴다. 조언의 방향도 시기마다 서로 상충한다. 사회생활 속 영원한 적군도 아군도 없다는 진리를 깨우쳤지만, 을지로 프로젝트를 위하여선 이들을 '친한 적군'이라 명명해야겠다.

'관전자 아군'은 두 가지 유형이 있다. 나를 잘 알기에 묵묵히 믿어주는 사람과 친하지 않아도 내 생각을 존중하고 조용히 도움의 손길을 내미는 사람. 우리 부모님은 첫 번째 유형의 아군이다. 자립심 있는 사람이 되어 본인이 이 세상에 없어도 네가 잘 살길 바란다는 부모님의 말씀은 항상 진심이다. 그렇기에 어릴 때부터 나에게 스스로 하는 법을 가르쳤고, 홀로 미국에 보냈으며 그 이후에도 모든 결정을 믿어주셨다. 그것은 나에게 물질적 도움보다 큰 응원이다. 운이 좋게도 이런 사람을 직장에서 한 명 더 만났다. 엄마와 또래가 비슷한 여자 부지점장님은 품성도 엄마같이 따스하여 내가 양어머니라고 부른다. 항상 나를 보면서 크게 될 거라며 응원해주시는 감사한 분, 소문이 돌아 을지로로 간다고 했을 때도 짧게 '을지로, 너무 먼 거 아닌가요? 아가씨 괜찮나요?' 한마디 하시고 '대단해요! 멋져요! 파이팅해요!' 하셨다. 친한 적군에게 입은 상처로 다용도실에서 혼자 낙담하며 있던 날도 말없이 다가와 꼭 안아주셨다. 묵묵히 믿어주는 것은 조용하지만 울림의 파장이 큰 응원이다.

두 번째 종류의 관전자들도 숫자가 꽤 된다. 을지로 방의 계약서 쓰러 가는 날 오전, 시험을 같이 본 동료가 헤어지면서 하는 인사. '선배님, 여기서 한 정거장만 지나면 제가 가장 좋아하는 뷰가 나와요. 선배님도 이사 후에 꼭 그런 공간을 찾길 바라요.' 참, 말을 예쁘게 한다고 생각했다. 아무리 밝은 아침 인사에도 고개만 살짝 끄덕이는 대출계 부지점장님은 대출을 알아볼 당시 분주한 내가 신경 쓰이셨나 보다. 옆자리 동료에게 나의 대출을 우리 회사 상품으로 싸게 해주자 하셨단다. 결론은 직원이 이용 불가해 이뤄지지 못했지만, 조용히 신경을 써주는 츤데레같은 마음에 치인 것 같았다. 그러다 이사계획이 절정을 향해 갈 때 새로운 업무가 주어지고 사내 시험도 앞둔 상황에 후배가 사고를 친 날이 있었다. 수습하던 중 친한 적군의 공격까지 엎친 데 쓰나미 격이었던 하루. 업무 서류를 발송을 위해 늦게까지 남아있다 하루 동안 참던 눈물이 툭 떨어지는 저녁이었다. 친하지 않던 동료가 멀리서 빤히 보더니 다가와 말없이 옆에 한참을 서 있다가 '누가 괴롭혀요? 제가 혼내드릴까요?' 말을 건네는데 하마터면 툭 했던 눈물이 왈칵 쏟아질 뻔했었다. 그동안 가깝게 지내지 않아 몰랐지만, 관전자들에게 많은 관심과 사랑을 받고 있었다. 친한 적군이 생기면 관전자 아군을 발견하여 밸런스가 맞춰지는 거 보면 신은 합리적이고 공평한 것 같다.

을지로에 두 발 딛고 서 있다는 것

우여곡절 끝에 을지로에 갓 입성을 했다. 을지로 와서 가장 좋은 것은 확실히 인프라다. 왼쪽은 종로와 광화문으로 연결되어 있고 오른쪽은 패션의 성지인 동대문이 가까이 자리하고 있다. 꾸준히 영어를 배울 수 있는 학원가, 우리 회사를 포함하여 다양한 회사의 본사들이 모여 있는 공간은 청계천을 따라 왼쪽으로 걸으면 나온다. 오른쪽은 또 어떤가? 필요한 생필품과 패션을 위하여선 거대한 동대문 디지털 플라자를 향하여 걸으면 된다. 교통의 요지답게 집 근처로 지하철역도 두 개나 있다. 한 역에 지하철 노선이 두 개 이상 연결되어있어서 서울 어디든 쉽게 갈 수 있게 되었다.

다음은 을지로 동네만이 풍기는 느낌인데 낡은 건

물 안을 들여다보는 재미다. 마치 아보카도처럼 겉은 딱딱해 보이지만 속이 부드러운 감성이 말이다. 제일 먼저 발견한 속살은 뉴트로 감성이다. 대표적인 예로는 세운대림상가 3층에 위치한 상점들이다. 여기는 오랫동안 전자제품 판매 상가로 유명했다. 하지만 상가의 3층만큼은 젊은 사장님들이 오래된 상가의 개성을 살린 채 다양한 가게를 운영하며 새로운 문화를 만들고 있다. 동대문 쪽 낡은 쇼핑몰도 안에 들어가 보면 다양한 생필품, 패션 브랜드인 편집숍이 구성되어 있어 젊은 세대를 위한 백화점처럼 느껴진다. 낡음 속에서 새로움을 추구하는 감성을 체험하고 싶다면 을지로에 와보길 추천한다.

을지로에선 평범한 건물 외관 속에 가려진 비밀스러운 장소를 찾는 보물찾기도 가능하다. 며칠 전 드럭스토어에서 살 물건이 있어서 지도에서 가장 가까운 곳을 찾아 방문한 적이 있다. 알고 보니 해당 드럭 스토어가 위치한 건물은 그 회사의 본사였고, 건물의 지하에는 해당 기업 소유 브랜드인 음식점과 카페, 간편식 매장까지 모든 게 입점해 있었다. 한 곳에서 다양한 물건을 살 수 있었고 본사에서 운영해서 그런지 유통해서 오는 가격보다 저렴하였다. 몰랐다면 지나쳤을 수많은 건물 중 하나에서 보석을 발견한 기분이 들었다. 이렇게 공간을 탐구할 만한 가치를 지닌 것이 을지로의 큰 매력이다.

　　마지막으로 내가 사랑하는 지역에서 안전하게 혼자의 시간을 가질 수 있다는 점도 메리트다. 자취방에 대한 대출을 진행하며 풀기 어려웠던 과제가 건물이 '신축'이라는 점이었다. 완공 된 지 얼마 안 된 건물은 매매가 많이 이루어지지 않아 시세가 산출되지 않는다. 잔금날 분양회사가 임대인에게 등기 이전해주는 경우가 많기에 은행에선 '신축'에 대한 전세대출을 꺼린다. 만약에라도 이사 당일 임대인에게 소유권 이전이 되지 않으면 부동산 계약상 계약자와 등기상 주인이 다르게 되어 '사고'가 되어버리기 때문이다. 그래서 참 어려웠지만 살기 시작하니 '신축'이라는 게 가점이 된다. 신축이기 때문에 시설이 깔끔하면서도 보안이 잘되어있고 무엇보다 내가 처음 쓴다는 것이 가장 좋다. 가족들과 떨어져 혼자 있고 싶은 날이 생길 때도 나만의 공간에 와서 안전하고 안락하게 있을 수 있다.

열정과 희망을 담아 온 을지로지만 생각지 못한 난관들도 존재한다. 바로 코로나의 재유행으로 인하여 하게 된 집콕 생활이다. 이사 첫날만 해도 확진자 수가 많지 않았지만, 얼마 지나지 않아 확진자 수는 역대 최다를 경신하고 있다. 을지로에 오기 전에 나는 머릿속에 가서 무엇을 배우고, 시작할 건지 큰 그림들을 그려놓은 상태였다. 하지만 코로나가 심해지면서 활동의 제약이 생기고 나와 타인을 위하여 기약 없는 잠시 멈춤 생활을 하게 되었다. 다행히도 나름의 소소하지만 확실한 행복을 찾았다. 나는 아이스 라떼를 좋아하는데 기가 막히게 을지로 주변에는 라떼 맛집이 너무 많다. 요새 최고로 애정하는 일은 주말 아침에 근처 별점이 높은 카페에 가서 라떼를 포장해 집에서 마시면서 책이나 글을 쓰는 것이다.

다른 불편함은 거주지로서는 낯선 동네에 혼자 살게 되니 오는 '외로움'이다. 이 점으로 인해 새로운 거주지를 탐색할 때, 수원과 서울 사이에서 많이 고민했다. 대학교를 수원에서 나오기도 했고 친구들과 남동생이 사는 곳은 수원이었다. 그곳으로 가면 외로움은 덜 느끼면서 빠르게 적응할 수 있으리라 생각했다. 고민 끝에 고른 을지로는 예상했던 대로 조금 외롭다. 공간을 채우기 위해 무거운 것들을 옮기고 나르는 것도 오로지 나의 몫이다. 홀로 짐을 양손 가득 들고 겨울 도로 위를 빠르게 걷는 나를 보면 드라마 속 현실을 열심히 살아가는 주인공 같다. 반대의 경우도 마찬가지다. 너무 좋은 공간을 발견하거나 재밌는 일이 생겨도 그 추억은 오로지 나만의 것이 된다. 기쁨과 추억은 나누면 배가 된다는 것에 동의하는 사람으로서 흥미로운 동네인 을지로 틈틈이 느끼게 될 추억이 나에게만 남는 것이 아쉽다. 요새의 트렌드는 양면적인 마음인 것 같다. '혼자 있고 싶지만 혼자 있기 싫은 것', '너무 힘들어 죽고 싶지만, 그 마음은 살려달라는 말의 반어법'이라는 흔한 구절들처럼 내 기분이 딱 그렇다. 을지로에서 나만의 행복감이 채워져서 너무 좋지만, 그 속에서 소중한 사람들이 없어서 슬픈 것 또한 여기 을지로다. 하지만 불편함을 느끼는 찰나를 지나치면 감사한 마음이 고개를 든다. 왜냐하면 을지로에서 지내게 된 것이 꿈같기 때문이다. 매번 놀라지만 나의 계획은 마음먹기 시작하면 빨리 진행된다. 본격적으로 이사를 생각한 것은 10월 초였음에도 12월 초, 을지로 프로젝트가 실행되어 그 속에서 적응하면서 살고 있다. 불과 두 달 사이에 을지로에 살고 있다니 꿈같지 않은가. 꿈같은 을지로 프로젝트는 아직 결과를 알 수 없는 현재 진행형이다. 전세 계약 2년이 지나면 프로젝트는 끝이 나 다른 곳으로 향할 수도 있고, 오랜 시간 터를 잡고 살게 될 수도 있다. 결과의 성공 여부는 을지로에 와서 이루고 싶은 꿈을 이뤄나가는지에 있을 것이다. 그 꿈에 중심엔 영어와 다양한 것을 배우고자 하는 학업의 의지가 있다. 그러나 코로나 재유행으로 인해 계획을 다 이루지 못할 것 같은 불안감이 들 때가 종종 있다. 그때 나는 꿈같다는 이 감정을 기억하고 싶다. 연고가 없는 을지로에 사는 것도 불과 몇 달 전엔 먼 얘기였고, 불가능해 보였던 일이었다는 것을. 하지만 방법을 찾았고, 여기에 두 발을 딛고 서 있다. 불안감이 들 때, 이렇게 생각하기로 했다. 행복을 위해 을지로 왔고, 나는 목적지로 반드시 향할 것이다. 을지로에 오게 된 것이 순탄하지만 않았듯 방법과 속도감은 바뀔 수 있으나 나의 목표들을 여기서 하나씩 일구어갈 것이다.

　프로젝트 중간 즈음 여정에 서서 독자인 당신에게도 말을 건네 본다. 당신에게 '자신만의 을지로 프로젝트'는 무엇인가? 모르겠다면 고민하며 나아가 보길 바란다. 뭘 해야 행복한지 모르겠다면, 당신에게 필요한 것은 Solitude, 어학사전에 나오는 뜻으론 특히 즐거운 자발적 고독일 수 있겠다. 과거, 현재의 순간, 아니면 미래의 꿈꾸고 있는 것 중에 어느 시점에 있어도 무방하다. 시간을 가지고 '나'란 사람에 대하여 생각해보면 희미하지만, 분명히 행복이라는 빛이 나는 순간들이 있을 것이다. 당신도 그 빛을 따라 앞으로 나아가면 좋겠다. 그 빛은 나의 운동, 이사, 퇴근 후 공부처럼 에너지를 요구하는 액티브한 일일 수 있고, 번 아웃을 경험한 후 누렸던 충분한 휴식과 명상, 느림의 미학을 인정하는 차분함일 수도 있다. 괜찮다. 누구도 당신의 빛을 평가할 수는 없기에 방향을 가르쳐준다면 그곳을 향해 한 걸음 떼기를 진심으로 응원한다.

에필로그_별을 보다가 너에게

    '꿈과 행복을 좇아간다는 건 당신이 여유롭기 때문 아닌가요?', '당신은 그래도 돈을 많이 벌지 않나요?', '지금 하루도 위태로운데 행복은 사치 아닌가요?'라고 물어올 수 있겠다. 그런 질문들에 주관적인 입장에서 두 가지로 답변하고 싶다.

    일단 많이 힘들다면, 꿈을 가지고 지금을 진득하니 버텨내는 것만으로도 괜찮다는 점이다. 청소년기에 나도 돈이 없었고, 탈출구를 찾지 못하였다. 폭력을 신고하자니 돌아오는 것은 가정의 파괴와 분리라고 확신했다. 탈선하자니 환경은 나의 선택이 아니었음에도 행동 뒤에 따르는 결과의 책임은 내가 진다는 생각에 두려웠다. 매번 돌아오는 물리적, 언어적 폭력 속에서 할 수 있던 것은 내 마음이 더 부서지지 않도록 신께 기도하는 것, 그 속에서도 하루를 열심히 살아낼 뿐이었다. 다행히 폭력은 끝이 났고, 스스로 경제력이 생기는 시기가 왔다. 자신만의 짙고 어두운 시기를 지나고 있지만 잘 버텨냈다면 오늘은 최선을 다했다. 분명 그 사실만으로도 앞으로 나가고 있다.

두 번째는 말을 하지 않을 뿐 누구나 환경이 갖춰진 때에만 행복을 좇는 건 아니라는 사실이다. 금전적인 부분에 대한 이야기다. 을지로 이사계획 수립 두 달 전 인천에 사는 가족들도 이사를 해야 해서 많은 돈이 필요하였다. 상황이 안 되는 사람을 제외하니 부족분을 도울 수 있는 사람은 나뿐이었고 내 명의로 대출을 내어 집에 보태었다. 초년생이 돈을 모으기도 바쁜데 해주지 말라, 모른 척하라는 사람들이 많았다. 하지만 어쩔 수 없는 사연이란 건 있는 법이고 집을 돕기로 했다. 현재의 나는 인천 집 일부, 서울 집에 대한 대출을 보유하고 있으나 열심히 갚아가고, 미래를 위한 저축도 알뜰하게 하고 있다. 복잡해 보이는 문제도 단순화시키면 된다. 두 번째 답변을 어떻게 살 것인지에 대한 라이프 스타일에 대한 문제로 풀어낸다면 이것은 선택인 문제이지 가능 또는 불가능을 판단할 문제가 아니다. 그러니 환경을 심각히 받아들여 꿈을 접거나 더 행복해질 기회를 놓치지 않기를 바란다.

글을 쓰면서 가정환경-미국 생활-을지로-이사까지의 여정은 마음의 별을 찾아간 흔적, 별자리 같다는 생각이 든다. 보통의 날을 살아내는데도 힘든 현대의 삶이다. 앞을 향해 열심히 달리고, 일상의 지루함을 견디고 상처도 입을 수 있는 그런 날들이기에. 나도 그러했던 날 퇴근길 밤하늘을 올려다본 적이 있다. 날이 맑아서 유난히 별이 환하게 빛났고, 나는 그 자리에 서서 한참을 바라보고 있었다. 눈물 나도록 눈부시던 별을 보면서 앞으로는 소란할 때, 지칠 때마다 별을 바라보며 살기로 다짐했다. 그리고 집에 와서 별을 보며 느낀 소회를 나에게 쓰는 편지로 써 내려갔다. 그 편지를 독자에게 공유하면서 글을 끝맺으려 한다. 여러분도 자신만의 별에 닿기를 바라며.

[당신, 이 어둠을 탈출했나요?]

오늘도 또 수렁에 빠진 날인데, 미래의 나는 이 감정의 수
렁에서 빠져나갔나요? 멀쩡한 길을 걷다가도 내가 디딘 이 바
닥이 자꾸 무너져요. 스스로 들어온 것은 아닌데 수렁에서 빠
져나가지 못하는 이유는 '나'예요. 자꾸 빠지니까 여길 나가는
것보다, 더 깊게 파서 아무도 내가 구덩이에 빠진 걸 보지 못하
는 것이 더 편해요. 여길 나가서 땅바닥을 다시 디딘다고 해도
전 다시 빠질 거예요. 처음 빠졌을 땐 벗어나려 하고 자신을 스
스로 위로했어요. 근데 저 위에서 구덩이에 빠진 저를 둘러싼
사람들이 다 저를 탓하네요. 빠질 만했다고, 자업자득이라고.
오늘은 왠지 여기를 나가려는 노력보다는, 내 위에 흙을 쌓아
입구를 막고 싶은 날이에요. 미래의 당신은, 결국 이 깊은 어둠
속을 빠져나갔나요?

[별을 보다 너에게]

집에 가는 길, 하늘을 올려보는데 별이 유난히 빛나는 하루였어. 별자리를 볼 줄 모르는데도 보일 만큼 선명하고 반짝이는 그런 날. 그 자리에 멍하니 별을 한참 바라보다 네 생각이 스쳤어. 우주라는 초월적 시공간이 그때의 물음을 지금의 나에게 전해준 것일까? 지금의 나는 너로 인해 존재하고 괜찮은 삶이야. 그때의 나는 어둠에 압도당한 것처럼 느꼈지만, 그때의 수많은 기도, 바램, 의지가 모이고 쌓여 결국 날 끌어올렸어.

「반 고흐, 영혼의 편지」 책을 보면 고흐가 별이 빛나는 밤을 그리며 후원자에게 이런 편지를 썼더라.

"별이 반짝이는 밤하늘은 늘 나를 꿈꾸게 한다. 그럴 때 묻곤 하지. 왜 프랑스 지도 위에 표시된 검은 점에 가듯 창공에서 반짝이는 저 별에 갈 수 없는 것일까? 티라스 콩이나 루앙에 가려면 기차를 타야 하는 것처럼, 별까지 가기 위해서는 죽음을 맞이해야 한다."

간절히 작가로서의 성공을 원했던 고흐였지만, 죽을 때까지 빛을 보지 못했던 고흐의 작품들을 생각해보면 그가 말한 별은 자신이 꿈꾸고 바랐던 미래의 자신이 아니었을까 해. 아마, 그때의 너도 끝없는 어둠 속에서 별을 바라본 게 아닐까 해. 어둠 속에서도 잊지 않고 별을 바라봐준 덕분에 행복한 지금의 내가 있어.

별을 보며 생각난 말로 우리의 이야기를 마무리 하려 해. 깜깜한 밤하늘에 별이 멀게 보이듯, 우리의 삶의 희망도 멀리인 것처럼 느껴지지만 사실 점차 다가가고 있다고. 결국은 그 별에 닿을 거야.

김주희

고독과 사색 즐기기를 좋아하고 헤이즐넛 향이 나는 커피를 좋아하
는 평범한 듯 평범하지 않은 세 아들의 엄마.

아픔 속에
나를 가두지 말아요

프롤로그

멀리서 술에 취한 남자가 걸어온다. 순간 겁에 질려
있는 나를 발견하고 뒷걸음쳐 먼 길을 돌아 목적지로 향
한다. 내겐 술 취한 사람에 대한 막연한 두려움과 공포
가 있다. 가끔 뉴스에 등장하는 가정폭력과 아동학대를
보면 가슴 아픔에 눈물짓곤 한다. 아직도 시퍼렇게 남아
있는 가슴 속 저 깊은 곳의 멍을 끄집어내어 본다. 얼마
나 더 많은 시간이 지나야 슬픔을 맞이하지 않을지 생각
해 보지만 알 수 없다.

내 인생을 송두리째 포기 하고 싶을 때가 얼마나 많
았는지 모든 일에 자신 없어 하고 어떤 판단을 했을 때
도 결과에 주목하며 그것이 좋은 결과를 가져왔건 아니
건 늘 부족하다고 여기고 창피함에 고개를 숙인다. 항상

자신 없어 하는 나 자신을 볼 때면 한심하고 부끄럽다. 이 글을 쓰면서도 몇 번의 좌절과 포기를 반복한다.

시천교 위를 걷다가 문득 내려다본 다리 밑이 가깝게 다가온다. 다리 중간에 걸어 놓은 빨간 하트를 본다. 어둠 속에서 빛을 찾듯이 절망 속에서 희망을 찾아야 한다. 삶의 목적이 없어도 살아야 하고 보이지 않는 길을 끝없이 걸어가야 한다. 그래서 나는 이 글을 끝까지 써 내려 한다.

가시 끝의 삶

우린 또 처마 밑에 있다. 한겨울 방문 밖의 내복 차림은 날카로운 칼바람을 막아내기엔 역부족이다. 맨발에 슬리퍼 차림. 미리 준비하지 못한 우리는 후회를 하곤 했다. 오늘의 전쟁을 준비하지 못함…. 귀를 쫑긋 집안을 살피며 우리만의 전쟁이 끝나기를 기다린다. 아직도 상스러운 욕과 고성이 흘러나온다. 조용하던 동네는 아버지의 고성과 욕설로 물들었다. 한밤의 공기보다 새벽의 공기는 몇 배나 더 추웠다. 찬 공기를 온몸으로 느끼며 아침 해가 뜨기 시작하면 창피함을 들킬세라 살금살금 집으로 들어간다.

우리 가족은 술의 종이 되어 힘든 삶을 살았다. 아버

진 심한 술주정 꾼이었다. 그로 인해 얼마나 많은 시간 죽음을 꿈꾸며 살았나 생각한다. 아버지는 차려주는 밥도 제대로 못 먹으며, 겨우 물로 취기를 달래가며 무거운 몸을 베개에 맡기고 일도 하지 않았다. 어릴 적의 나는 엄마도 아버지도 정말 싫었다. 술 취한 아버지와 술 안 취한 엄마의 고성, 항상 같은 일로 대치 하고 전쟁을 이어 갔다. 밥상은 수도 없이 날아다녔고 엎어졌다. 몇 번이나 죽였다 살렸다 반복하며 서로를 향해 날카로운 비수를 날리기 일쑤였다. 학교도 싫고 공부도 싫었다. 집 밖으로 나가면 동네 사람들 보기 창피했고, 친구들도 보기 창피했지만, 친구들은 내게 아무 말도 하지 않았다. 말하지 않아도 아버지의 고성방가는 온 동네가 알고 있는 터이다. 뒤에서 얼마나 밥 상위의 반찬처럼 씹었을까 생각하지 않아도 알 수 있다.

아버지가 술에 취해 집으로 돌아오는 날이면 제일 먼저 부엌의 칼들을 감추어야 했고, 온갖 아양을 부리며 아버지의 화를 돋우지 않으려고 애썼다. 우리 세 남매는 일렬로 서서 다녀오셨냐고, 오늘도 수고하셨다고 인사를 했다. 세숫대야에 물을 떠다가 아버지에게 바치며 발도 씻겨 드리고 할 수 있는 일은 다 하려고 노력을 했지만, 결국 세숫대야는 마당으로 떨어지며 우당탕 탕 소리를 낸다.

이것도 변명일까?

사람은 각자 개인적 사정이 있고 일에 대한 사유가 있다. 아버지도 마찬가지겠지. 아버지의 형제는 4남 1녀다. 아버지는 할아버지가 일찍 돌아가시고 큰형과 형수, 조카, 할머니와 살았다. 큰형은 조카를 자기 자식이라고 일을 안 시키고 공부만 시켰단다. 아버진 중학교를 졸업하고 농사일을 했다고 한다. 반면 조카는 고등학교 교장까지 역임하고 퇴직했다. 할머니는 왜 자식을 제대로 보살펴 주지 못했을까? 만약 아버지도 조카와 같은 처우를 받았으면 한평생을 원망으로 살지는 않았을지도 모른다. 무슨 말을 해도 핑계에 불과하므로 아버지의 변명은 짧게 한다.

아버진 결혼을 하고 내 편이 생겨서인지 술에 취하는 날엔 여지없이 큰집으로 찾아가 "죽이네, 살리네" 했다. 아버지 덕분에 우린 설날이며 제삿날 큰집에 가면 눈치를 보곤 했는데, 한번은 쫓겨서 집으로 돌아온 적도 있다. 다시는 가지 않는다고 했지만 그러지를 못했다.

어린 시절의 그때도 아버지를 이해하지 못했지만, 머리가 하얗게 세어가는 50을 넘어 60이란 나이를 향해 가는 지금도 아버지를 이해하고 싶어도 이해할 수 없다. 그냥 원망만 있을 뿐. 아버진 많은 시간이 흘러 호호 할배가 되었어도 변한 건 많이 없는 것 같다. 우리 세 남매가 어느덧 많은 시간이 흘러 결혼을 하고 자식을 낳아 각자의 가정을 꾸리며 살지만, 아직도 우리 식구들은 언제나 그랬듯이 집안의 행사가 있을 땐 아버지가 또 술에 취해 실수하지 않을까 노심초사 차려진 음식도 제대로 못 먹고 집으로 급하게 돌아온다.

아버지는 가끔 "내 잘못으로 고생만 시켜서 미안하다" 말한다. 이제는 작아지고 거칠어진 손, 갈라진 발뒤

꿈치를 보면 마음이 아프다. 나름 얼마나 치열하게 전쟁 같은 삶을 살았을까 생각하니, 가슴 한쪽이 아려온다. 원망으로 뒤덮였던 마음이 일순간 애증으로 변한다. 하지만 말 한마디로 모든 일이 없었던 일로 되돌아가지는 않는다.

회색 기억

초등학교 1학년 8살 때로 기억한다. 그날은 눈이 조금 왔고 바람도 적당히 불어 한낮의 날씨는 초겨울이었지만 햇살이 따스했다. 여느 때와 마찬가지로 우린 집 앞의 언덕에서 연을 날리며 놀고 있었다. 살면서 가장 지우고 싶은 기억의 한 페이지를 마주하게 되는 날이었다. 나에게 아니 우리 가족 모두에게 몰아친 폭풍이 있던 그 날 제일 먼저 집으로 돌아온 나는 집안에서 벌어지는 끔찍한 현장을 마주하게 되었다. 아버지의 살기 어린 눈, 피를 흘리며 죽어가던 엄마. 아직 어린 내가 할 수 있는 일은 아무것도 없었다. 단지 온 동네를 소리 지르며 할머니를 찾아내야만 했다. 솜이불에 싸여 병원으로 옮겨지는 엄마를 뒤로하고 아버지는 마당을 가로지르는 빨랫줄에 목을 매고 있었다. 지금도 그 빨랫줄과 지지대가 선명히 떠오른다. 아버지 또한 병원으로 옮겨졌다. 아버지는 불상을 모시고 스님도 아니고 무당도 아닌 삶을 살았다. 그날은 엄마를 죽이라는 신의 계시를 받았다고 한다. 부엌에서 저녁을 준비하던 엄마는 미처 피할 겨를도 없이 아버지가 휘두르는 흉기에 맞아 생사의 갈림에 놓이게 되었다. 가슴에 선명하게 남겨진 그 날의 기억은 삶의 끈을 놓고 싶을 만큼의 아픔을 남겼다. 그 이후 한동안의 기억이 없다. 충격으로 기억을 잃었을 수도.

생사를 넘나드는 아픔을 겪으면서도 엄마는 우리 곁에 있다. 가끔 엄마의 상처를 볼 때마다 아버지가 한없이 원망스럽다. 가정폭력이 무시되었던 시대. 겪어보지 않으면 상상만으로는 그 아픔의 정도를 알 수 없다. 어쩌면 이 글을 읽고 있는 당신이 나와 같은 지독하리만큼 잔인했던 아버지의 폭력을 겪어봤다면 알 수도 있을까? 아니다 잔인함과 끔찍함은 각자의 아픔이 더 크다고 느낀다.

가슴 아픈 이름 엄마

    엄마는 결혼과 동시에 팔자가 바뀌었다. 옛말에 여자 팔자 뒤웅박 팔자라고 하지 않았던가. 엄마가 딱 그랬다. 시집와 며칠도 되지 않아 아버지의 술주정이 시작되었다고 한다. 돌아가고 싶어도 돌아가지 못했던 엄마는 얼마나 베갯잇을 적셨을까 생각하니 참으로 아버지가 원망스럽고 싫다. 그럭저럭 살다 보니 애들도 생기고 이제는 정말 되돌릴 수 없는 삶이 되었다. 바람 잘 날 없는 세월을 살았다고 해야 할까? 어떤 표현으로도 엄마를 표현할 수는 없다.

    중학교 1학년의 난 "엄마 이제는 엄마 갈길 가도 되."라고 말한 일이 있다. 엄마가 더는 고생하며 살지 않기를 바랐다. 하지만 엄마는 나 때문에 갈 수 없다고 했다. 엄마는 그랬다. 당신이 죽을 둥, 살 둥 그렇게 힘들게 살아도 자식만큼은 보호해 주려고 한다. 지금도 삶의 끈을 손주들에게 맞추어 놓고, 마치 당신 자식들을 향한 끈을 놓지 못했던 것처럼 그 끈을 놓으면 무슨 큰일이라도 날까 두려워한다.

결혼은 꿈에도 생각하지 않는다던 오빠는 아버지의 이끌림에 사랑하지도 않는 여자와 맞선을 보고 결혼했다. 며느리가 들어오고 손주를 보면 아버지가 달라질 줄 알았던 우리의 바람은 이루어지지 않았고, 올케언니는 참기 힘들어 친정으로 돌아가 버렸다. 그 후 오빠가 아이들을 데리고 엄마와 함께 분가 했고 아버지는 이제 홀로 남겨졌다. 엄마는 또 그렇게 가슴 아픈 할머니가 되었다. 손주들만 보면 "아이고 불쌍해라."를 입에 달고 산다. 가슴 아픈 세월을 자식들 불쌍하다며 살았는데, 이제는 더 가슴을 찢는 아픔으로 손주들을 보고 있으니 엄마의 삶은 참 들여 보기 힘들다. 그 가슴 아픔을 무엇으로 표현할 수 있으며 어떻게 알 수 있겠나.

하루가 지나면 또 하루가 오고 그 하루가 합쳐져 인생이 되었다고 말하는 엄마. 얼마나 많은 날을 떠나고 싶었을까 삶을 송두리째 놓아 버리고도 싶었겠지. 가슴 아픈 이름 엄마. 엄마는 오늘도 또 그렇게 하루를 산다.

그래도, 살아요

나에게 엄마는 없어서는 안되는 큰 산과 같은 존재이다. 엄마가 없었으면 중학교도 제대로 나오지 못했을 테니까. 아버지는 공부고 뭐고 공장에나 가서 돈을 벌라고 했다. 교복도 책도 가방도 불태워졌다. 엄마는 헌책방을 돌며 책을 다시 사야만 했다고 한다. 지금도 그때 일을 떠올리며 엄마는 눈시울을 붉히시고는 한다. 학교에서도 난 그림자와 같은 존재였다. 항상 말이 없는 그냥 조용한 애. 그즈음 난 많은 소설책과 시 읽기를 좋아했고, 밤새 노트에 짧은 글을 끄적이는 걸 좋아했다.

나의 사춘기는 치열했다. 아버지와 싸워야 했고 나 자신과 싸워야 했다. 숨을 쉬고 사는 게 너무 싫고 매일 아픈 내가 싫었다. 난 깨질 것 같은 머리를 부여잡는 날이 많았고 툭 치면 쓰러질 듯 힘겹게 보였었다. 진통제를 늘 가지고 다녀야 했고 엄마의 시름은 나로 인해 더욱 깊었다. 그때의 나는 바싹 마른 나뭇가지 같은 몰골이었다. 마음 둘 곳 없고 건강은 여의치 않았지만, 중학교를 졸업하며 돈을 벌라는 아버지의 성화에 집을 떠나야만 했다. 남들보다 건강하지 못한 나 자신이 너무 싫었고 아버지도 미웠다. 이 세상에 자식과 부모 아닌 사람은 없다. 어찌 부모 없이 내가 있을 수 있을까마는 이런 아버지는 없는 게 낫다고 늘 가슴 깊은 곳은 아버지를 죽이고 있었다.

나의 원망과 엄마의 슬픔을 뒤로하고 기숙사가 딸린 공장으로 가기로 했다. 서울 창신동 동대문 시장에 납품하는 옷을 만드는 공장이었다. 한방에 6명이 함께 자고 간단한 끼니를 해 먹기도 했다. 공장에서의 일은 많은 먼지와 소음으로 가득했지만, 함께 일하는 아저씨와 아주머니는 좋은 분들이다. 무거운 물건이 있으면 먼저 날라다 주었고 밥을 먹을 때도 항상 먼저 챙겨 주었다. 환경은 그리 좋지 못했지만 나름대로 현실을 받아들이며 잘살고 있었다.

1988년 가을 버스 안 한 아주머니가 우리의 재잘거림이 이쁘게 보였던지 어느 학교에 다니느냐고 묻는다. 그때의 난 학교 공부는 머릿속에서 지워 낸 지 오래라 어디에선가 보았던 여고의 이름을 말했다. 창피함에 쥐구멍에라도 숨고 싶었다. 그 후 참 많이 고민 했다. 이대로 집으로 가야 하느냐 아니면 이대로 공부의 끈을 놓고 사느냐.

고민 끝에 다시 집으로 돌아가 공부를 할 수 있는 방법을 찾았다. 방송통신고등학교에 입학원서를 냈고, 또래보다 늦게 고등학교에 갈 수 있었다. 3월이 되어 입학하고 주중에는 공장에서 일하고 일요일 등교를 했다. 평범하지 못한 나의 10대. 이런 삶을 산다는 게 너무 싫어 삶을 포기 하고 싶을 때가 많았다. 시내에 있는 약국을 차례로 돌면서 수면제를 사 모았다. 이 약국에서 10개. 또 저 약국에서 10개. 주머니에 한가득 모은 수면제를 누가 볼까 들킬세라 움켜쥐고 걷고 또 걸었다. 그 무

렵 난 교회에서 내 삶이 바뀌게 해달라고 기도하고 종교에 기대어 하나님을 찾았다. 새벽기도에 빠지지 않았고, 시간이 허락하는 한 주일예배에도 빠지지 않았다. 내가 할 수 있는 건 다 해야 한다고 생각했다. 1학년이 된 지 얼마 되지 않아 난 참 운 좋게도 공장을 그만둘 수 있었다. 학교에서 추천서를 보내주어 지금도 말하면 누구나 알 수 있는 회사에 사환을 하게 되었다. 이제 더는 힘든 일을 하지 않아도 되었다. 좋아하는 합창도 하게 되어 퇴근 후 연습이 있는 날이면 시청으로 향하는 난 무슨 큰 벼슬이라도 오른 것인 양 행복하고 즐거웠다. 회사에서의 일도 재미있고 많은 업무에 지치지도 않았다. 이젠 좀 나아진 삶을 살 수 있었을까 천만의 말씀이다. 하나를 얻으면 하나를 잃게 되는 법. 집으로 돌아간 난 또 아버지와의 대치 상황을 이루고 살 수밖에 없다.

아버지의 술주정은 그대로지만, 우린 몸도 마음도 조금씩 성장해 각자의 자리에서 잘살고 있다고 생각했다. 그건 착각이었다. 그즈음 오빠가 수면제를 다량 복용하고 연탄을 방에 피워 자살 기도를 했다. 바람 잘 날 없던 집안에 폭풍이 몰려와 우리 가족을 집어삼키려 했다. 내 아픔만을 생각하다 오빠의 아픔을 돌아보지 못했던 때이다. 우린 모두 그렇게 자기 자신만의 아픔을 끌어안고 살고 있었다. 약국을 돌며 모았던 수면제가 주머니 가득 쌓여갔다. 언제 먹을까? 언제 끝내 버릴까? 고민하고 또 고민했다. 울며 밤을 새워 기도도 해보았다. 새벽안개를 뚫고 유일한 피난처인 교회로 달려가기도 했다. 아버지의 술주정으로부터, 절망만 가득한 현실로부터 도망할 수 있는 곳. 유일한 안식을 주는 곳이었다. 동생이 집을 나가 연락이 없다. 내 아픔만 생각하다 또 하나의 아픔을 돌아보지 못했음을 반성했다. 내가 떠나고 싶으면 오빠와 동생도, 엄마는 말할 것도 없이 많은 날을 떠나고 싶은 마음으로 살았겠지. 길가의 쓰레기통에 쌓여가던 수면제를 버렸다. 이제 더는 수면제를 모으지 않는다.

가면 놀이

누군가가 나를 보는 눈을 의식할 때가 많다. 저 사람은 나를 어떻게 생각할까? 착한 척, 고상한 척, 잘사는 척. 수도 없이 많은 날을 그렇게 살았다.

출근하고 얼마 되지 않아 휴대전화가 울렸다. 아침부터 누가 했을까? 번호를 보니 모르는 번호인데 033이라고 뜬다. 불안한 마음은 언제고 잘 맞는다.

"네, 여기는 원주시청인데요. 아버님께서 시청에 오셔서 저소득 생활자금이 안나 온다고 하시는데, 아버님께는 지원이 나가지 않습니다."

"네, 그럼 아버지께 말씀하시면 되는데 왜 제게 전

화하셨나요?"

"그게….."

복지과 담당자는 말을 흐리더니, 아버지에 대해 무서운 이야기를 했다. 절실하게 내 도움이 필요함도.

"아버님께서 술에 취해 칼을 가지고 오셔서 시청을 뒤집어 놓고 가셨어요."

난 무슨 말을 해야 할지 몰라 죄송하다고 연실 말하며 할 수 있는 일은 모두 하겠다고 말했다. 그리고 다시는 시청에 찾아가지도 않게 하겠다고 약속도 했다. 바로 아버지에게 전화해 시청에 갔었냐고 물었고, 더 이상의 말은 하지 않았다. 그리고 얼마를 받았었냐고 묻고 내가 그 돈을 대신 보내겠다고 약속을 했다. 다시는 시청에 전화도 하지 말고 찾아가지도 말라는 다짐을 받았다. 아버진 내게서 보내지는 돈을 엄마에게도, 아무에게도 말하지 말라고 다짐을 받는다. 매월 아버지 통장으로 50만을 보냈다. 그 후론 시청에 찾아가는 일은 없었던 것 같다. 아버진 하루라도 늦는 날이면 바로 전화해 왜 안 들어왔냐고 묻는다. 내 사정은 아무것도 아닌 아버지가 너무 미웠고 싫었다.

　10년이 지나도록 엄마도, 오빠도, 남동생도 아버지 앞으로 송금되는 돈을 알지 못했다. 하지만 내게 아버진 끝까지 이름만 아버지일 뿐이다. 내가 힘들게 살며 보내는 돈을 모아 오빠와 남동생에게 주고 있었다. 난 힘들면 힘들다고 말하지 않았음을 남동생과 오빠에게 꽥꽥 소리를 질러 댔다. 아버지도 싫고 다 싫다고. 아버진 그런 사람이었는데 잊고 있었던 거다. 한 푼도 내게 쓰기를 아까워하는 사람, 그 사람이 아버지였는데.

　아버지에게 건네는 용돈을 한 푼도 아깝다는 엄마의 외침을 뒤로하고 아버지는 여전히 내가 보내는 용돈이 당연하다고 말한다. 세월이 흐르며 아버지에 대한 원망도 많이 흐려졌다. 지금도 아버진 가끔 보내는 내 용돈과 노령연금, 공공근로 등으로 모은 돈을 오빠에게 준다. 내가 잘 있는지 어떻게 살고 있는지 궁금하기는 할까? 만약 힘들 때 힘들다고 말하고 솔직하게 말했으면 어떻게 변했을까? 왜, 나에게만 모질게 했냐고 물었으면 조금이라도 편한 맘으로 살 수 있었을까?

자신을 보호하기 위해 누구나 가면을 쓰고 사는 이면을 가지고 있다고 생각한다. 가면을 쓰고 있다고 모두가 혐오스러운 눈으로 보지는 않지만, 가끔은 자신을 위해서 가면을 내리는 것도 필요하다고 생각한다.

나의 화양연화는 언제일까?

우여곡절 끝에 고등학교를 졸업했다. 졸업과 동시에 난 대학을 진학하며 서울로 왔다. 서울역 앞 언덕 위에 있는 작은 방, 유명한 학교는 아니더라도 그 당시의 내 꿈을 향해 공부하기로 했다. 작고 예쁜 가방도 메고 커다란 교재도 옆구리에 끼고 대학생이 되었다는 자부심으로 한껏 행복을 누리던 한때이다. 누구에게도 부끄럽지 않고 숨지 않아도 된다. 되돌아 생각하면 젊음을 한껏 누리고 행복만 있을 것으로 생각한 시절이었다. 살면서 언제가 제일 후회스럽냐고 묻는다면 아마도 어렵게 들어간 대학교를 1학년을 끝으로 졸업하지 못한 일이 아닐까. 아버지로부터 떠나온 나는 전쟁에서 해방이라도 되는 양 만세를 부르며, 공부보다는 아르바이트며 고

고장에 가서 노는 걸 너무 열심히 한 터라 방세는 고사하고 수업료도 벌지 못했다. 오롯이 혼자 짊어지고 가야 하는 현실을 잊고 있었다. 지금은 많이 후회한다. 씁쓸하게 후회한들 무슨 소용이냐는 말이 떠오른다. 나의 화양연화는 언제일까? 가장 행복하고 화려한 시간! 짧은 대학 시절이 아니었을까 생각해 본다.

학교를 그만두고 살기 위해 바로 취업 해야만 했다. 이력서를 작성하여 구인광고를 뒤지고 뒤져 이곳저곳 볼품없는 이력서를 디밀었다. 보잘것없는 이력서에는 힘들게 공부한 내가 있었고, 어느 정도 직장 생활 한 나도 있었다. 취업 후 얼마의 시간이 지나지 않아 어렵사리 들어간 회사를 그만두기로 했다. 이건 내 적성에 안 맞아! 딱 잘라 단정 짓는다. 정말 끈기도 없고, 패기도 없는 인생이 바로 나였다. 단정 짓기 좋아하고 좌절하기를 반복하는 나였지만, 주저앉아 있지 않고 다시 일어나 또 도전한다. 언제까지 좌절하며 살지 않겠다고 다짐도 해 본다. 여기서 이기지 못하면 다시 또 어둠 속으로 빠져들게 뻔한 내 인생이니까.

마치 감기처럼 잊을만하면 찾아오는 자괴감을 이겨 내야만 했다. 평범하지 못한 학창 시절 누가 알까 두려워하며 살았다. 어른이 된 후에도 눈치를 보며 사는 삶은 계속되었다. 항상 내 안의 아픔을 숨기고 산다. 애써 아픔을 드러내는 일은 후회만 남긴다. 처음에는 내 아픔을 모두 아는 듯 동정의 눈빛을 보내지만, 동정의 눈빛 뒤에 감추어진 멸시와 혐오를 본다. 다시는 후회 할 일을 만들지 말자고 다짐을 한다. 하지만, 후회하고 또 실수하고 산다. 가슴 답답할 때 긴 숨을 쉰다. 사람들은 내게 한숨을 쉰다고 안 좋은 습관이라 말하지만, 난 긴 숨을 쉰다고 말한다. 긴 숨을 쉬고 나면 잠깐이라도 가슴이 뻥 뚫리는 기분이 든다. 어제보다 오늘이 나을 것이라고 믿으며, 후회와 실수를 반복하며 사는 게 삶이 아닐까 생각해 본다.

행복은 꿈일까요?

끝없는 전쟁 같은 삶에서 탈출하는 길은 빨리 결혼해서 행복을 찾는 길이라고 생각했다. 그리하여 남들보다는 조금 빠른 결혼을 했다. 남편과 나는 7년이라는 긴 세월을 사귀었다. 물론 중간에 만났다 헤어지기를 반복하며 시간을 이어 나갔다. 우린 같은 교회를 다니는 친구였고, 난 말 없는 남편이 좋았고, 바지 밑단이 터져 있는 걸 보았을 때는 나와 별반 다르지 않은 가정환경을 눈치채 마음 아파하며 좋아했다.

수많은 연애편지가 오고 갔다. 시간은 흐르게 마련이고 감정은 무뎌지기 마련이다. 스크랩하여 보관한 편지들은 남편과의 결혼생활로 화가 치밀어 오르는 순간 꺼내어 읽으며 한 장씩 찢어 버렸다. 남편은 나에게 많은 일을 겪게 했다. 술에 취하여 들어오면 자다가 일어나 장롱문을 열고 소변을 볼 때도 있었고, 화장실로 채가지 못할 때는 자다가 이불에 오줌을 눌 때도 많았다. 수돗가에는 자주 커다란 대야에 이불이 담겨있었다. 지금이야 세탁기 용량이 커 이불도 빨기 좋지만, 그때는 커다란 이불을 발로 밟아 빨래해야 했다. 가깝게 지내는 동생이 "언니는 왜 이불을 이렇게 자주 빨아?"라고 물으면 "내가 원래 깔끔하잖아!"라고 웃으며 대답해 주었다. 누가 내 속을 알까? 그래도 참을 수 있다. 아이들이 있으니까. 엄마가 참았듯이 나도 참을 수 있다.

남편은 아버지가 그랬던 것처럼 아이들을 일렬로 세워 군기 훈련하고 씨름을 한다. 성에 차지 않으면 손에 잡히는 대로 잡고 아이들을 때렸다. 내 아이들에게만은 지옥을 모르게 하고 싶었지만, 나의 절규와 아빠에 대한 아이들의 공포는 또 하나의 눈치 보기가 되었다. 바쁘다는 핑계로 남편은 아이셋이 고등학교를 졸업할 때까지 한 번도 학교의 행사에 참석하거나 그 흔한 초등학교 체육대회에도 참석한 일이 없다. 매년 돌아오는 생일에 케이크 한 번 사준 일이 없고 살가운 아빠가 못 되었다. 내가 꿈꾸던 결혼생활은 이런 게 아니었는데…. 내 아이들에게만은 내가 할 수 있는 한 무엇이든 해주고 싶었고, 내 속에 숨어 있는 불행이라는 트라우마를 물려주고 싶지 않았다.

내게 있어 술은 끊을 수 없는 숙명인 걸까? 딸은 엄마 팔자 닮는다고 내 팔자가 엄마를 닮아가고 있었다. 어찌 살다 보니 아이가 셋이나 생겼다. 남의 집에 세를 살면서도 시동생, 시누이 둘을 데리고 살았고, 한마디 상의도 없이 사무실 직원이라고 숙소를 얻을 때까지 같이 살 거라며 데리고 온 장정 둘이 함께 살았다. 내게 참을 수 없는 좌절과 모멸감을 주는 남편은 어떤 일을 하든 항상 통보식이었다. 갑자기 찾아온 시아버지의 죽음과 동시에 시어머니는 재가하고 안부 전화 한 통 없이 살다가 시누이가 있으니 가끔 전화했다. 하지만 아이들은 잘 지내냐는 기본적인 안부도 묻지 않고 시누이를 찾는다. 바람 잘 날 없는 험한 삶. 난 수도 없이 절규하며 병들어갔다. 둘째 시누이는 남편이 하는 사무실에서 경리 일을 한동안 하다가 다시 결혼하게 되었다. 수금하여 들어온 돈, 카드 현금서비스 받은 돈까지 끌어모아 시누이의 결혼 자금으로 주었다. 이 일로 한동안 밀린 대금을 처리하지 못해 허덕였다.

남편은 집구석이 어떻게 돌아가는지는 안중에도 없고 허구한 날 술에 취해 살았다. 사업자금이 필요하면 또 내게 말한다. 난 주인댁에 가서 돈을 빌리고 언제까지 꼭 갚겠노라고 다짐을 한다. 그렇게 빌리고 갚기를 몇 번씩 하도록 생활은 나아지지 않았다. 빚에 쪼들리는 생활을 더는 할 수 없기에 내가 할 수 있는 건 다 해보려고 남편 사무실로 출근을 했다. 아무리 노력해도 한쪽만으로는 안된다. 그렇다고 남편이 일도 하지 않는 무책임한 사람은 아니었다. 할 일이 있으면 밤을 새워 일하고는 했지만, 많은 돈이 술값으로 지출되었다. 술과의 고리를 끊지 않으면 해결되지 않는다.

남편은 술자리가 길어지거나 거리가 멀면 외박으

로 이어지는 날이 많았고, 술에 취해 집으로 돌아오고는 했다. 아이들은 아직 어리고 나의 삶은 끝이 보이지 않는 나락으로 떨어졌다. 아직 잠들어 있는 아이들을 둘러보았다. 옷을 챙겨 입고 목적도 없는 길을 나섰다. 사람들은 출근하느라 바쁜 아침. 멍하니 떠나는 버스를 보고 바쁘게 움직이는 사람들을 쏟아내는 버스를 바라보았다. 어디로 갈 것인가? 내 새끼들은? 머릿속은 말할 수 없이 복잡하고 눈물은 소리 없이 얼굴을 뒤덮는다. 지나가는 사람들의 눈길이 느껴질 때쯤 난 정신없이 울고 있었고, 다시 일어나 걷기 시작했다. 내 새끼들이 있는 집으로. 그렇게 돌아왔고 막내가 고등학교를 졸업할 때까지 절대 떠날 생각 하지 말자고 다짐하고 살았다.

세상 사는 게 마음먹기 나름이라지만, 이 세상은 마음먹은 대로 살아지지 않는다. 아무리 발버둥 치고, "그래 할 수 있어"를 외쳐도 감당하기 힘든 게 현실이다. 호의적이지 않은 현실에 더욱 좌절했지만, 이제까지 그랬던 것처럼 내겐 아이들이 있고 아픔은 여기까지여야만 한다고 다짐하고 또 다짐했다. 그렇게 결혼은 내게 또 다른 지옥의 연속이었지만, 오늘도 내 철칙대로 산다. 속이 까맣게 타들어 가도 결단코 부부 싸움은 하지 않는다. 어린 시절 엄마와 아버지의 싸움을 보아왔던 나는 아이들에게 나와 남편의 싸움을 보이고 싶지 않았다. 가끔 아이들을 보는 엄마는 묻는다. 엄마 아빠가 싸우냐고. 대답은 늘 한결같다. 엄마 아빠는 한 번도 싸운 적이 없다고 말한다. 엄마는 아이들이 하는 말을 믿고 너무나 좋아하며 안심했다. 나 또한 그 말이 너무 좋았다. 아이들만큼은 나처럼 크지 않기를 바라며 꼭 그렇게 하리라 마음먹었다.

그럭저럭 살다 보니 막내 시누이도 대학 입학과 동시에 집에서 나갔고 시동생도 독립했다. 이젠 번듯한 우리만의 집도 생겼고 행복하기만 하면 된다. 내가 만들어 가는 게 행복이라지만 난 행복을 만들 줄도 모르고 불행한 삶 속에 나 자신을 가두고 살았다. 가만히 누워만 있어도 시간은 흘러가건만, 내게 주어진 시간은 너무나 더디게 흘렀다. 그동안 나는 많은 것을 내려놓고 어느 사이 내 삶을 옥죄던 술에 의지하며 살았다. 늦은 밤 아이들 몰래 소주를 먹고 잠을 청했고, 잠이 오지 않는 밤이면 수면제에 의지하며 점점 병들어 가고 있었다. 행복하기를 간절히 바라며 한 결혼은 내게 또 다른 짐을 안겨주었고 절망 속으로 밀어 넣었다. 그래도 아이들만큼은 아프지 않게 키워야지 다짐했지만, 눈치로는 아빠의 술 사랑과 엄마의 슬픔을 보고 있었겠지.

사는 게 너무 지치고 힘들어 주변 정리를 했다. 내 계획은 이제 내 삶을 깨끗하게 정리하고 끝내기로 마음먹었다. 지갑엔 언젠가는 너와 함께라고 쓰여있는 면도칼이 있다. 질긴 게 목숨이고 죽고 사는 게 마음대로 되냐는 말이 떠오른다. 눈물은 끝을 모르게 흐르고 엄마의 절규하는 얼굴, 내 아이들의 비참한 삶이 스친다. 내 삶은 가시가 박힌 쳇바퀴 안에 피를 흘리며 굴러가고 있었다. 찢기고 아파도 굴러가야 한다. 엄마라는 무게는 이런 것인가? 나보다 더 힘들게 살아온 나의 엄마. 엄마의 삶이 더욱 절절히 다가온다. 엄마처럼 나 또한 엄마라는 그 무게를 담담히 짊어지고 살아가야겠다.

사람은 환경의 노예가 된다. 남편의 술버릇도 무심코 넘긴다. 이젠 수많은 유흥주점으로 돌아도 난 나만의 시간을 산다. 아무리 속을 끓이고 가슴이 새카맣게 물들어도 시간은 간다. 그렇게 시간 보내기로 살기 작정하고 오롯이 아이들에게만 집중하고 살았다. 아이들은 한 번의 말썽도 없이 잘 자라 주었다. 엄마의 말을 거역하기 싫어 너무나 일찍 군대에 들어간 막내. 부사관 시험을 보고 합격하여 일찍 군에 입대하였으므로 고등학교 졸업식에도 참석하지 못한 아들을 대신하여 졸업장을 받으러 학교에 다녀온 날은 마음이 너무 안 좋아 힘들었다. 그렇게 난 이기적인 마음으로 막내를 빨리 독립시키고 나도 독립하기를 준비했다. 막내의 훈련이 끝나고 자대배치를 받는 그즈음부터 본격적으로 시작했고, 이젠 독립을 했다. 큰아이는 나의 독립과 함께 회사 근처의 오피스텔로 나가고 둘째 아이는 아빠와 함께 살며 아직 취업은 못 했지만 나름 자신이 나아 가야 할 길을 찾고 있다.

이른 아침부터 빗방울이 뚝뚝 떨어진다. 어느새 빗

방울은 굵은 빗줄기로 변해 세찬 비바람이 된다. 시간이 흐르며 비바람은 가는 빗줄기로 변해 이젠 보이지 않는다. 이 비가 그치면 해가 구름 사이를 비집고 나올까. 우리네 인생 또한 내리는 비와 같지 않을까 생각한다. 사는 건 참 녹록지 않다. 슬픔을 극복하기는커녕 자기 몸뚱이 하나 추스르기 힘들다. 내게 남아있는 슬픔이란 놈은 참으로 질기다. 흔들려 힘들고 좌절할 때 누군가는 말한다. 고작 그런 일로…. 공감받지 못한 슬픔은 삶을 마감하고야 떼어 낼 수 있는 그림자처럼 늘 붙어 다닌다. 어느 날 억지로 이놈의 슬픔이란 놈을 이겨보려 했다. 하지만 이내 무릎 꿇고 좌절한다. 모든 것을 내려놓고 만다. 한바탕 폭풍이 지나간 자리처럼 얼굴엔 눈물범벅이다. 한 줄기 희망의 빛은 또다시 고개를 들고 보라고 손짓한다. 희미하여 잘 보이지도 않는 실낱같은 희망을 부여잡는다. 그것은 마치 썩은 동아줄 마냥 언제 끊어질지 모르는 채 한없는 위협을 가한다.

이제는 맑음

불행 뒤에 감추어진 행복을, 슬픔 뒤에 숨어 있는 기쁨을 찾는다. 내가 진정 바라는 게 무엇인가 정체를 알 수 없는, 앞이 보이지 않는 바다 위 해무에 갇혀 있다. 어디로 가야 할까 너무 늦기 전에 길을 찾아야 한다.

영화 맘마미아를 보며 나도 주인공처럼 살아보고 싶다고 생각을 해본다. 사랑을 찾아 삶을 찾아 나선 여주인공. 삶을 개척하며 용감하게 낯선 곳에 가고, 낯선 남자를 만나고, 영화니까 가능한 일이겠지. 나도 내 인생을 개척해 나가며 살았으면 인생이 어떻게 변했을까?

대부분 많은 사람은 겉으로 보이는 웃음 뒤에 감추어진 아픔을 끌어안고 살고 있다. 모두가 아프지만 아프다고 말하며 살지는 않는다. 사실 내면을 들여다보면 찢기고 상처 난 아픔은 누구에게나 있다. 하지만 누구나 자신을 짓누르는 아픔이 있더라도 그 아픔을 딛고 일어설 힘이 있다. 오늘도 난 다시 일어선다. 내가 선택한 삶은 계속되고 있으니까. 지금 가고 있는 길이 꽃길이 아니더라도 좋다. 내가 짊어진 짐을 전부는 아니더라도, 아주 조금이더라도 이제는 내려놓을 수 있다.

이 글을 쓰고 나면 내게 감추어진 거짓된 삶을 내려놓을 수 있을까? 나 자신을 내려놓고 나의 잘못된 판단으로 많은 이에게 상처를 주었던 일, 후회만 남는 삶이지만 오늘도 반성하며, 이젠 거짓된 삶에서 벗어나고 싶다. 내 주변의 사람들에게 나의 결혼생활이나 불우한 청소년기의 삶을 마치 행복만 있는 것처럼 포장하고 살았다. 오늘도 내 안에 감추어진 슬픔, 아픔과 싸운다. 예측할 수 없는 것이 인생이라고 다시 되돌릴 수 없는 지금, 이 순간을 위하여 비장한 각오라도 필요하면 기꺼이 내어 준다. 나에게 허락된 시간을 위하여.

「아름다운 봄이 내게 얼마나 남아있을까?」 작가는 묻는다. 스스로에게. 내게 봄은 있었을까? 만약 있었다면 봄이 다시 나를 찾을지 묻고 싶다.

하루 종일 그치지 않을 듯 내리던 비도 언젠가 그치는 것처럼, 내 안의 슬픔과 아픔도 언젠가는 지나갈 거라고 믿었다. 비 온 뒤 땅이 단단해지듯이 우리 인생 또한 아픔을 이겨내면 더욱 단단해지리라 믿는다. 언제나 그랬지만 폭풍이 지나면 고요함이 오기 마련이기에, 과거에 얽매이지 말고 지금 그대로의 모습으로 그냥 살아도 괜찮다고 나를 다독여본다.

행운을 찾고 싶은지 행복을 찾고 싶은지 생각해 봅니다. 살면서 행복보다는 행운을 더 많이 찾고 싶어 했고, 나의 불행이 언젠가는 지쳐 내게서 떨어질 거라 믿고 살았습니다. 삶에 지치고 불행하다고 느끼는 누군가 나의 글을 읽는다면 잠시의 불행이라 생각하고 막연한 행운을 바라기보다는 문밖에 기다리는 행복을 맞이하길 바랍니다.

레서 판다(lesser panda)

교육경력 7년 차. 장애교육 2년차

복지상담학 박사과정 중퇴

교육이 최고의 자산이라고 생각하는 사람

교육컨설팅 및 상담 문의 lawtreemy@naver.com

사소하지만
사소하지 않은
이야기 하나 - 장애 *

프롤로그 : 돌봄과 노동,
그 고됨과 나눔의 필요성에 대하여
(장애 평생교육 복지사 업무일지 중)

나는 장애인을 가르치는 선생님이다. 공식 학교
가 아니라 한글을 모르는 성인 장애인들의 비공식 사
설 학교인 장애인 학교에서다. 시설이나 집에만 있어
서 정규학교 과정을 이수하지 못한 최고 중증 중복 장
애인이 대상이다. 성인이지만 평생 같은 수준으로 말
을 배우는 이도 있다. 이곳에서 나는 가르치는 사람이기
보다 안내자이자 응원군이었다. 학생들에게 주어진 하
루하루 작은 성과와 칭찬, 웃음을 주는 것이 나의 사명
이라 생각했다. 그들의 생존 수업의 연장인 여기 학교
에서 장애에 대한 편견을 깨우쳤다. 불완전한 나를 다
시 돌아보며 매일 허들을 넘었다. 장애라는 주제가 무
거워 보이지만 곧 닥쳐올 모두의 과제다. 장애가 흔하

지 않다는 선입견을 버리고 자세히 보면 보인다. 치열했던 체험 삶의 직업현장 중 알게 된 깨달음 중 일부를 공개한다. 기다림과 이별에 취약했던 나인데 여기에서 기다림과 이별을 연습했다. 알면서도 쓰지 않는 것은 나에게도 직무유기다. 언젠가는 외면했던 문제들이 나에게로 다시 돌아오기 때문이다. 이 이야기가 끝나도 계속해서 쓸 것이다. 점점 기억이 희미해져가는 것 같아서 내가 써야 할 것, 알려야 할 것들을 기록으로 남기지 않으면 안 되겠다싶었다. 나는 아무 글을 아무렇지 않게 쓸 것이다. 내게는 그럴 힘이 있고 이것을 읽는 모든 이들에게도 그런 능력은 충분하다. 언제 어디서든 보고 듣는 모든 것들이 서로에게 영향을 미친다. 세상에는 흔한 것 같지만 흔하지 않은 숨겨진 이야기가 있다. 사소해 보이지만 사소하지 않은 이야기들이 모여서 나비효과처럼 사회의 반향을 일으키길 바란다.

도전의 말이었지만 끝내 버티게 해주던 말
**희망을 볼 수 없는 것을 보고 만져질 수 없는 것을 느끼고
불가능한 것을 이룬다. - 헬렌 켈러**

좌충우돌 장애학교 이야기

"여러분은 자신의 몸에 전문가에요."

"뭐가 주 장애, 부 장애로 구분하는지 저도 잘 모르겠는데요."

"자기가 자신에 대해서 모르면 누가 알겠어요? 자신에 대해서 더 자세히 관찰하고 다른 사람에게 설명할 수 있도록 해야 해요. 자신의 권리를 지키기 위해서 배움은 필요한 일이니 끝까지 포기하지 마시길 바라요."

인권에 대한 수업중 선생인 나와 학생들의 대화다. 나 자신에게 하는 말이기도 했다. 자기에 대해서 자기 자신이 모르면 누가 알겠는가? 학생들에게는 어려운 문제여서 해결방안도 타인에게 맡겨버리기 일쑤다. 그렇지만 마냥 타인에게 의존하는 삶이란 무기력함 그 자체다.

　장애란 사고와 같다. 불행은 언제나 갑자기 찾아와서 온 삶을 뒤엎어버리곤 한다. 그제서야 일상의 소중함도 깨닫게 된다. 한 치 앞도 내다볼 수 없는 우리 인생인지라 어떤 사고에도 항상 노출되어 있다. 장애란 영구히 일상생활을 영위하지 못할 정도로 신체의 일부가 손상된 상태이다. 장애의 정도를 정의하는 것은 나라마다 천차만별이다. 우리나라의 장애 인구는 200만 명. 집계된 추산치보다 많다. 이 중 타고난 장애보다 사고로 살다가 생긴 장애가90% 이상이다. 이에 더해서 장애인의 가족은 그 가족을 둘러싼 인원을 평균 4명으로 치더라도 1000만 명에 달할 것이다. 앞으로 노인인구의 증가로 치매, 중증 성인병의 노인 증가도 고려하면 조만간 인구의 반 이상은 장애인의 가족이 될 것이다. 선진국 인구의 둘 중 한명은 우울을 갖고 있다고 한다. 정신과적 문제는 겉으로 드러나 보이지 않는 게 많아서 우리는 이미 모두 장애인 가족들일지도 모른다. 우리가 장애와 멀지 않은 곳에 있지만 무심코 지나치는 문제이기도 하다. 이와 함께 돌봄 노동의 무거운 책임감과 짐도 함께 짊어지게 될 것이다. 장애인구 증가의 속도의 문제는 사고와 같이 예측불허다.

어렸을 때부터 나는 장애인과의 인연이 꽤 많았다. 중학교 때 장애학생과 합반인 학교였다. 중1 때 부반장이라는 이유로 선생님이 지적 복합장애 주화와 강제 짝꿍을 시켰다. 수업중 잦은 간질발작 증세를 돌봄으로 힘들었던 일. 그때 친구들이 같이 주화를 다독여주어 짐이 한결 가벼워진 경험. 중3 때 같은 반 등이 굽은 작은 학생이 세상을 떠났던 일. 갑작스런 죽음이 믿기지 않아 눈물도 나오지 않았다.

몸의 여러 군데 사고가 많이 나서 나는 일시적 장애인이었다. 이 때문에 몸의 불편함을 내가 아팠던 정도까지는 알 수 있다. 내가 아파 보아야 타인의 아픔을 이해할 수 있으니까. 나는 어릴 적 88올림픽 공원에서 사고가 나서 죽을 뻔 했다. 바람이 많이 불던 날 경축 구조물이 내 온몸으로 덮쳐서 쇄골 뼈가 부러지고 뒤로 넘어져 기절했다. 구급차에서 깨어나 보니 신문에 났다. 국가사고 생존자이자 다시 찾은 삶이다. 덕분에 공사현장 주변은 사고가날까 무서워 얼씬 거리지도 않는다. 그 사고로 아버지는 몇 달을 악몽에 시달렸고 지금도 그 사고 얘기라면 떨리는 목소리다. 몇 년 전엔 갈비뼈에 금이 가기도 하고 계단에서 넘어져 발가락뼈가 부러져서 휠체어와 목발을 써 본 적도 있다. 상체와 하체 다 깁스로 몇 주간 움직이지 못해서 답답했던 기억이 있다. 깁스를 푸는 날 얼마나 뛸 듯이 기뻤던가! 내가 가장 사랑하던 어머니도 말기 암인 중증 신체장애 때문에 하늘로 돌아가셨다. 그이유로 우리 가족은 6개월간 장애인의 가족이었기도 했다. 그 때 중증장애인 돌봄 서비스를 받을 수 있었지만 아버지께서 온전히 간병인으로 돌봄 노동을 하셨다.

　"저 화장실 좀 다녀올게요."
　전동휠체어를 탄 학생들은 화장실을 공개적으로 간다. 수업 중에도 수시로 화장실을 가려면활동보조인 없이는 갈 수가 없기 때문이다. 화장실에 장애인용 화장실도 1칸이라서 차례를 많이 기다려야 해서 쉬는 시간에도 여유와 자율이 필요하다.

"야 내일 휴강이래."

"그럼 어디가?"

"어디긴 광화문에 집회하러 가지."

"투쟁!"

전동휠체어가 줄줄이 교실을 나온다.

"근데 어쩌지 나는 못 갈 것 같아. 오늘 너무 아파서 말이야. 나도 같이 참여해야 되는데… 미안하네."

학생들과 상근활동가라고도 불리는 나를 포함한 직원들은 수업을 휴강하고 생존투쟁에 나섰다. 활동 보조 시간과의 전쟁이었다. 중증 장애인은 장애인활동지원사가 없이는 할 수 있는 게 거의 없는데 어떻게 살라는 건지… 장애인 활동 지원사의 역할은 노인 요양보호사와 유사하지만 대상이 장애인인 점이 다르다. 중증 장애인에게 24시간은 항상 모자라다. 그들의 가족도 마찬가지다. 그런데도 활동 지원 받는 시간이 줄어든단다.

이 곳 장애학교는 다양한 장애를 갖고 있는 사람들이 있었다. 뇌성마비로 인한 신체 발달 미숙과 인지장애 등이 복합적으로 우려되는 사람들이 대부분이지만 시각, 청각, 정신장애가 있다. 학교 수업 일정은 오후 1

시부터 9시까지 원하는 수업을 선택해서 듣는다. 수업료는 없다. 배우고 싶은 과목은 많지만 시간과 개인사정 상 다 배울 수는 없다. 국어, 영어, 수학, 사회 기초과목을 배우는데 비장애인 학생보다 보통 2-3배 넘는 시간이 걸린다. 게다가 지적 수준과 장애 특성이 달라 개인별로 지도를 해야 된다. 게다가 요즘은 영어와 한자, 신조어까지 많아져서 쉬운 한글로 풀어서 얘기해야 한다. 교재 사이즈도 큰 글씨 기초국어는 어린이용이 대부분이다. 선생님은 수업시간 중 학생의 수업보조 활동까지 해야 되어서 일손이 더 많이 간다. 장애인 활동 지원사가 있지만 수업에 집중도가 떨어져서 수업보조는 안하고 밖에서 대기한다. 수업보조 선생님도 필요한데 보조 선생님을 구할 여력도 예산도 부족하다. 반면 수업시간이 가족과 활동 지원사들에게는 꿀맛 같은 휴식시간인 것이다. 봉사자들도 오시지만 간간이 잠깐 왔다가 몇 번만 하시고 다시 오지 않는 분도 많다. 학생들은 누구에게 한 번 정들면 금방 헤어지기 때문에 누구에게 쉽게 마음을 잘 주지 않는다. 처음 2주 정도는 학교에 가도 학생들이 나를 본척만척 인사도 하지 않았다.

여기서 처음 하는 일은 소통하는 일이다. 장애 정도가 중증인 학생들의 이야기를 잘 알아듣는 데만 해도 오래 걸린다. 학교에서 학생들과 지낸지 오래돼 학생들의 말을 잘 알아듣는 학생들의 도움이 많이 필요했다. 학생들이 발음을 정확하지 않으면 무슨 말인지 몰라서 다시 물어보기가 쉽다. 이 때문에 느린 수업일 수밖에 없는 이유다.

"언제 병원 가세요?"

"내… 일… 이… 요."

나와 학생의 대화다. 느린 대화의 반복이다. 눈치껏 내가 물어보면 고개만 끄덕일 때도 많다. 한 학생은 말을 알아듣기까지가 한 달은 넘게 걸린 것 같다. 장애인 학교 안에서 얘기를 나누다 보니 어느 정도 패턴을 익혀서 학생들의 말을 알아듣곤 한다. 그 덕분에 다른 학생들과도 잘 소통할 수 있게 되기까지 제법 오래 걸리지 않았다. 단지 나의 생각이다. 처음 듣는 단어나 모르는 단어를 학생들이 이야기할 때는 계속 얘기해도 못 알아들을 때도 있었다. 이럴 땐 학생들에게 미안한 마음도 들었다. 나중에는 학생들과 친해져서 말을 못 알아들으면 내게 짜증도 내고 혼나기도 했었다.

여름캠프로 2박 3일 학생, 강사, 직원이 연합행사로 여수에 갔다. 학교에 새로 온 지 얼마안 된 50대의 지적장애 남학생은 활동 지원사가 없어서 캠프동안 내가 전담 활동 지원사가되었다. 그 학생은 휴게소, 관광지에서 3번이나 없어져서 나는 찾으러 다녔다. 게다가 수중에 있는 돈도 다 써버리고 밥 먹을 돈도 없어 학생가방을 같이 뒤지기도 했다. 계속 말을 안 들으니 화가 났다. 그 학생을 전담하면서 장애인 활동 지원사의 업무의 어려움을 몸소 느꼈다. 캠프 낮 동안 그 학생과 함께 같이 돌아다녔다. 캠프에서 돌아와보니 몸은 부었는데 3킬로가 빠져 있었다. 중증 장애인과 동행하는 활동 지원사의 업무와 역할을 이해하지 못하면 알 수 없는 사정들이 많았기 때문이기도 했을 것이다. 학생들을 둘러싼 환경을 이해하기 위해 장애인활동 지원사 교육과 실습을 마치고 자격증도 땄다.

장애인활동 지원사 일을 오래 하신 어르신들의 배려와 나눔이 학생들을 많이 성장시키기도 했다. 장애인 활동 지원사 중에는 내게 학교에 대해 설명도 해주시고 때로는 자신의 일의 애로사항을 푸념하시기도 했다. 그 푸념을 통해 장애인 활동 지원사의 열악한 노동환경과 처우에 대해서도 알게 되었다. 체력적 한계로 잘 다치거나 쉬는 시간과 근무 장소 이동의 문제 등등. 장애인과 장애인 활동 지원사의 서로 간의 합의와 이해관계가 눈에 보이기 시작했다. 점점 더 확장되어가는 장애인활동지원사에 대한 이해와 범위가 나를 이러지도 저러지도 못하는 딜레마에 빠질 때도 있었다.

낡은 기자재와 돌봄 노동의 무게

요즘에 특수학교에는 많은 수업도구들이 있어서 예전보다는 많이 좋아졌다고 하는데 여기는 도통 지원되지 않는다. 누워있는 자세만 가능한 와상장애 학생에게 보면대를 이용해 프린트물을 보여주기도 하고 높낮이 조절 책상이 없어서 책상 높이를 맞추기 위해 책상 위에 박스를 올리기도 한다. 그러던 어느 날 갑자기 새 책상과 의자가 생겼다. 다른 직원이 집에서 쓰다가 사무실에 기부한 것과 재활용센터에서 가져온 것이다.

퓨터를 비롯해 10년 전 기부 받은 오래된 기자재 들 뿐이었다. 업무에 필요한 시간이 기자재의 오류나 속도로 인해 2-3배는 걸렸다. 업무와 수업환경만 좋아지더라도 시간을 3배는 줄일 수 있을 텐데… 맨날 내가 하는 푸념이었다.

장애인학생들의 급한 변동과 돌발행동에 대한 대처와 정서적 소모를 요하는 나는 감정노동자이다. 내 업무는 학생에게도 2-3번 설명을 하고 10번 물어보는 이도 있다. 학생뿐만 아니라 요일마다 다른 장애인활동 지원사와의 소통도 필요하다. 하루에도 2번 활동 지원사가 바뀌는 학생도 있고 요일마다 바뀌는 이도 있다. 활동 지원사가 학생들의 일정을 모르는 경우도 있다. 또 여러 가지 사고가 매일 일어난다.

"지하씨, 일어나세요. 이제 수업 시간이에요. 수업 시간에 교실에서 졸고 있는 학생을 내가 깨웠는데 그 학생이 그만 화가 나버려서 소리를 지르다가 수업을 안 하고 나가버렸다."

그 이후로 그 학생이 신청한 수업에서는 다시 모습을 볼 수 없었다. 어떤 학생은 수업을 꼭 듣겠다며 수십 통씩 연락을 하고선 수업 시작하는 날 연락두절이 되어 도로 내가 연락을 수십 통해도 연락은 닿지 않았다.

수업시간표 관리, 기존 학생 연락 등등 정신 없는 업

무 중에서도 또 다른 새로운 학생을 상담하고 또 새로운 활동 지원사가 오신다. 그러면 새로 온 활동 지원사에게 학생에 대해서 같은 설명을 또 한다. 다람쥐 쳇바퀴 돌듯 계속되는 반복이다.

나는 학교에서 학생들과 만나고 집에 가면 일이 끝난다. 하지만 장애 당사자의 가족들에게는 끝없는 돌봄이라는 과제들이 있다. 누군가 이별해야 끝나는 것이다. 직원 중에도 돌쟁이아이가 중증 장애를 진단받아서 취중에 죽고 싶다는 속 얘기를 듣기도 했다. 영구장애아를 둔 부모의 심정들을 생각해보면 정말 막막할 것이다.

학생들의 가족이 많진 않지만 몇몇 학생들의 가족을 만나면 안쓰러운 마음만 든다. 그리고 여기 학교는 가족들이 있어도 연락을 잘 안 하거나 없는 경우가 많아서 더 아픈 마음이 든다. 선생님이라는 입장보다 학생들의 어머니나 언니, 동생의 마음으로 학생들의 마음을 헤아리려고 노력했다. 그게 더 가슴 아프고 힘들었을지도 모르겠다. 온전히 학생들을 사랑하며 받아들인 것이 아니다. 노력했기 때문에 도망치고 싶었고 피하고 싶었던 순간도 있었다. 명절에 더 외로운 학생들을 위해 명절 행사를 같이 치르며 노는데 집에서도 안부치는 전을 학생들을 위해 하루 종일 부치다가 그만 행정일인 관리비를 연체하기도 했다. 많은 분들이 도와주셔도 내게 주어진 업무량과 감정 소모로 포기하고 싶었던 적도 많았다. 때론 학생들이 상처받을까 봐 내적갈등으로 전전긍긍하기도 했다.

장애에 대한 오해와 편견

　　장애라는 기존의 편견들에는 여러 가지가 있다. 비장애인과 비교해서 어떤 것이든 특별히 다르지 않다. 나도 몰랐지만 여기서 알게 되었다. 사람마다 알아차림의 차이가 있지만 생각과 감정은 누구나 비슷하다. 단지 많은 장애인이 정기적으로 먹는 약이 있지만 항상 아픈 것은 아니다. 아픔이 공부에 영향을 미치는 경우는 사람마다 다른 것도 편견이고 비장애인과 같다. 가끔 너무 아파서 빠지는 학생도 있고 상황을 봐가면서 수업 시간을 조절한다. 가끔 수업중 재밌는 이야기를 들려주고 세상 사는 이야길 들려줄 때 학생들의 표정이 제일 밝다. 눈빛은 반짝반짝 거리고 정말 흥미 있다는 표정이다. 수업을 일찍 끝내달라고 밥 사달라고 애교도 많이 부린다. 정규수업보다는 내가 살았던 사는 얘기들을 더 재미있어 했다. 그냥 여느 학생과 같은 마음이다. 공부하기 싫어서일 수도 있지만 호기심 가득하던 비장애인인 타인의 삶이 궁금했던 것이다. 그들이 바라본 비장애인의 부러운 삶이다. 현재는 자유롭지 못한 지체부자유로 제한된 그들의 삶을 들여다보면 그럴 만도 하다. 그렇다고 다 만족하지 않는 것도 아니다. 그것도 편견이다.

　우리나라 사람들은 유난히 남의 시선을 대한 의식을 많이 한다. 그것도 함부로 오래 쳐다본다. 지체장애처럼 눈에 보이는 것이 다르면 더더욱 오지랖이 발동한다. 장애인에게 원치 않는 대화로 동정과 강제도움을 건네준다. 휠체어를 보조하는 동행인조차 쳐다보는 시선 폭력에 같이 노출됐다고 느낄 때가 많다. 그들을 처음 봤을 때 내 시선은 시선 폭력 바로 그것 같았을 것이다. 희한하고 신기한 물체나 동물을 보는 것처럼 뻔히 쳐다보는 모습이었을 것이다. 스스로도 선입견이 적다고 생각했는데 아니었다. 그들은 나를 향해 웃고 있었지만 내 시선폭력은 한동안 계속 됐다. 이것은 마치 낯선 남자가 여자를 뚫어져라 보는 원치 않는 음흉한 눈빛을 시선 폭력이라 생각하는 그런 느낌과 비슷할지도 모르겠다. 내 생각에는 1달정도 그들의 신체적 불편함과 감정을 읽기 위해서 시선 폭력을 감행했다. 몇 달 후에도 그들의 신체적 특성과 수업에 필요한 것 중에 모르는 것도 있었다. 나는 감정이 얼굴로 금방나타나는 사람이기 때문에 그러지 않으려고 노력해도 아닌가 보다.

처음 장애인기관에 일을 시작할 때는 헬렌 켈러를 도운 설리번 선생님을 생각하며 설렘반 기대반 일에 도전했다. 청소와 칠판 꾸미기로 환경을 바꿨다. 금방 학교에서 매일은 내가 생각지도 못했던 난관의 연속이었지만. 편견과 싸움이었고 누가 내 뒤통수를 정말 세게 때린 것 같은 그런 깨달음이 종종 오곤 했다. 장애 당사자의 다양성에 대한 무지로 말 실수를 밥 먹듯이 반복했을 것이다. 그런 나에게 오래 근무한 직원들과 학생들이 알려주지 않았다면 나는 영원히 몰랐을 또 하나의 세계에 들어가고만 것이다. 사람들은 누구나 나와 다름에 대해서 낯섦을 느낀다. 열등감을 드러내 보이기 싫어한다. 신체적인 열등감을 드러내고 싶지 않아도 보이는 게 지체장애이다. 지체장애인의 가족들 중에서는 겉으로 보이는 불완전한 모습이 사람들에게 보이기 창피한 거다. 그럼 지체 장애인들은 고립될 수밖에 없다. 집 밖으로 나와도 욕을 먹기 일쑤다. 전동휠체어가 여러 대가 테이블에 들어갈 공간이 없어서 식당에서 쫓겨나기도 했다. 문턱에 경사로가 없어서 물건을 사러 상점에 들어가지 못할 때도 많다. 심지어 장애인기관에서 주최한 회의공간에 계단 밖에 없어서 초대된 전동휠체어를 탄 장애인이 회의장에 못 들어간 일도 있었다. 배리어프리라는 무장애공간은 머나먼 선진국만의 얘기인가보다.

학생 중 60살이 다 돼가도 마음만은 꽃다운 청춘인 분이 있다. 내가 좋아하는 사과 한 알을 주는 배려의 마음씨도 고운 분이다. 일한 지 몇 달이 되었어도 난 장애 기초수급자에게 선물을 받아선 안 된다고 생각했었다. 무지하게 그 사과 한 알을 받지 않고 도로 돌려주었다. 그러고 나서 그 학생은 나에게 커피전문점 음료수를 사다 주었다. 그때는 내 실수를 깨닫고 음료수를 받으며 고맙다고 말해드렸다. 나중에는 작은 선물을 서로 주고 받는 사이가 되었다. 차별하지 말자. 그들도 남에게 도움이 될 수 있는 존재다. 나도 업무에 치여 생각지 못한 도움을 많이 받았으니. 성인이 되어서도 독립생활 한 번 못해 본 나인데 그들은 혼자 있는 위험한 시간도 감내하고 독립하여 잘 살고 있지 않는가?

시설에 남겨진 사람들

그건 네 잘못이 아니야.
- 영화 '굿윌 헌팅' 중 대사

그들은 태어나자마자 부모에게서 버려졌다. 버려졌다는 표현이 그들에게는 가슴 아픈 일일 것이다. 그래서 다른 표현으로 남겨졌다고 수정한다. 소위 말하는 고아원인데 그중에서도 장애를 가진 아이들만 따로 수용하는 시설에 남겨졌다. 아이들을 버린 그 부모들은 장애 아들의 각종 복합적 지체, 청각 시각, 발달장애를 감당하기 어려운 상황이었을지도 모른다. 중증 장애인에 1인에게 들어가는 예산이 연간 1억 3천만 원 정도 된다고 한다. 그 금액을 감당할 여유가 보통 가족에게는 없다. 그런 이유로 가족들을 끝까지 돌봄의 책임을 지 못하고 만다. 장애인복지과 공무원이 중증 장애인은 예산 먹는 하마라는 비유로 말하는 걸 들었다. 태어난 게 죄인가라고 비합리적으로 생각하게 만드는 말이었다. 사람으로 태어나서 최소한의 행복을 누리는 것이 잘못인가? 집에 갇혀서 사람들이 아직도 많이 있다. 집에서 나오는 순간은 머리를 깎을 때 말고는 별로 없다.

태어나자마자 무기력을 온몸으로 받아들이는 일이란 어떤 것일까? 신체적으로 사회적으로의 고립과 무가치함, 무기력을 오롯이 받아들이는 과정의 연속인 인생. 한 면만 보고 부정적으로 생각하면 끝도 없는 것이지만 확률 상으로도 높게 사회적 고립이 예상되는 일이다. 그들은 태어나자마자 장애인거주시설에 들어갔다. 장애인 시설에서의 삶이란 어떤 것일까? 어떤 이들은 수년에서 40년 넘게 집에서만 갇혀 지냈다가 가족들이 돌봄 노동을 감당하 지 못해서 시설로 옮겨지기도 했다. 또 어떤 이들은 운이 좋게도 집에서 가족과 지내다가 독립하게 된 사람도 있었다. 학생들의 가족이 있었지만 가족의 생사 여부도 전혀 알 수없는 경우가 많았다. 가족이란 눈물 나게 하는 말을 싫어한다. 그 중 세 명은 같은 시설에서나와서 양어머니가 같다. 그들을 어머니와는 가끔 연락만 할 뿐 시설은 잘 가지 않았다. 왜냐하면 시설에 다시 시설에서의 안 좋은 기억이 살아나기도 한다고. 시설에 아직 있는 보고 싶은 친구들조차 잘 보지 못하는 상황이었다. 시설에 다시 휠체어로 가기가 어렵다. 멀리 산속에 있는 시설로는 이동의 제한이 있기 때문에 한 번 시설에 가려면 전동휠체어를 태울 수 있는 차를 타고 가야 한다. 하지만 전동휠체어를 태울 수 있는 차는 야학에 있는 봉고차1대뿐이고 전국에도 몇 없다고 한다. 연례행사로 가거나 무슨 일이 있을 때만 가는 곳이 자신의 고향인 시설이었다. 사실 일반적인 사람들의 고향의 의미는 가고 싶은 곳이고 즐거운 추억과 아름다운 기억들이 있는 곳이지만 그들에게 고향의 의미는 정반대의 것이었다. 무엇인가하면 고향이 벗어나고 싶은 곳이자 벗어나야 될 곳이란 의미다. 그들에게는 고향의 의미는 반대다. 아픈 기억과 추억이 있는 곳. 친구들은 아직도 머물러 있는 곳이다.

시설에서의 안 좋은 기억 때문에 스스로 목숨을 달리한 사람들이 있다. 중증의 병이 악화되는 일이 비일비

재해 서로의 사별이 익숙하다. 그런 모습을 옆에서 지켜보면서 자신 또한 트라우마에 시달리는 이가 있었다. 그들 중에는 자신이 누구인지 어디서 왔는지 아무것도 모르는 사람도 많다. 그냥 시설에서 먹고 자고 일상을 보내는 사람들이 많았다. 밖으로 나온 장애인들에게는 시설에 있는 이들을 꺼내서 자기들처럼 자유를 맛보게 해주고 싶은 마음이 있을 것이다. 시설 밖으로 나와서 자유롭게 독립생활을 해 보라고 권유하는 이도 있었다. 그들도 독립하는 삶이 그렇게 쉽지만은 않다는 것을 알고 있기 때문에 그냥 안에서 산다. 혼자서는 밖으로 나가기 쉽지 않은 환경이고 결단을 내리기에 어려움을 갖고 있는 사람들도 많이 있었다. 또한 시설에서도 장애인들이 밖으로 나가는 것은 원치 않았다. 왜냐하면 시설에서는 입소자들인 그들의 대상자 없어지면 시설 존립 자체 또한 무너지기 때문이다. 시설 안에서는 스케줄대로 기계적인 생활이다. 주는 대로 먹고 가고 싶은 곳을 잘 다니지 못한다. 그러다 그 안에서 일생을 마감한다. 장애와 지병이 있는 탓에 평균 생애도 짧다. 저절로 모두 이별에 익숙해진다.

시설에서 자립하다

시설에서 독립하기 위해서 제일 먼저 필요한 것은 역시나 돈이다. 집과 생활기반 마련이 제일 크다. 시설에서 독립해서는 혼자서 결정하고 추진하는 것들이 익숙지 않다. 자립에 실패하고 빈털터리가 되거나 자기관리가 잘 되지 않아 건강이 안 좋아지는 사람들도 많다. 독립하기 위한 마음가짐과 자신을 이끌어줄 사람이 필요하다. 도심이라면 길을 가다 우연히 독립을 도와줄 사람을 만나서 다행히 시설을 나오는 사람도 있다. 채팅으로 만나서 인연이 되기도 했다. 시설에 방문하는 사람들이나 잠시 외출 나왔을 때 사람들을 만나는 것은 가 중요하다. 그 때 인생이 180도 바뀌곤 한다. 세상에 시설 생활이 전부인 것으로 알던 사람에게 시설 밖 생활은 너무나 생소하고 신기하다. 한 번 경험한 독립 생활의 자유로움은 생전 처음 느끼는 거다. 다시는 시설로 돌아가고 싶어 하지 않는다. 기저귀를 찬 채 반나절을 보내야 하니까.

우물 안 개구리가 우물에서 뛰쳐나온 것처럼 새로운 세상은 놀랍기만 하다. 시설 안과 밖은 천지 차이다. 모든 것을 내가 결정해야 되고 책임 또한 자신이 져야 되기 때문이다. 이런 자기 결정을 한 번도 안하고 선생님이 하라는 대로만 해왔다. 그 탓에 뭔가를 결정하는 게 너무 어렵다. 독립하려고 마음 먹었다가 포기하는 사람들이 다수다. 독립하고 혼자서 많은 결정의 문제들을 헤쳐 나갈 수 있을지 고민이 많다. 친구들이 독립했다고 해도 자신감이생기지 않는 것은 한 번도 해 보지 않은 일들이 너무나 많기 때문이다. 이렇게 독립 결정을 했다가도 다시 생각을 바꿔 시설로 돌아가는 사람도 있다.

기본적인 일상 생활뿐만 아니라 각종 사회 생활 기술이 필요하다. 주체적인 일상생활을 해결해 나가는지가 독립 생활에 성공을 결정한다고 보면 된다. 시설 또는 가족을 떠나서 생활하기 시작하면 하나부터 열까지 얼마나 어려울지 안 봐도 비디오다. 옆에서 도와주는 사람이 필요하다. 중증장애인을 위한 장애인 활동 지원사는 보조 역할을 해 주는 사람들이다. 일상생활의 보조 역할 겸 코치이기도 하다. 장애인 활동 지원사를 배정 받을 수 있는 사람은 장애가 심한 사람들로 장애정도에 따라 차등적으로 활동 지원 시간을 받는다. 중증임에도 24시간 보조가 안돼서 밤에 혼자 있다가 죽은 사람도 있었다. 누구라도 같이 있었다면 죽지 않았을 상황이지만 아무도 없어서죽음을 맞이한 사람이 여러 명 있었다. 혼자서는 물 한 모금 못 먹고 화장실조차 못 가는데 혼자 있는 게 어떤 공포일지 상상도 하기 어렵다. 이런 위험들을 감수할 용기가 있어야 나를 울타리에 가두는 시설이나 가정에서 나와서 생활을 할 수 있는 것이다.

전동 휠체어로 타고 다니는 장애인들 거리에서 종종 볼 수 있다. 전동휠체어가 있어서 세상 밖으로 나와 본 하늘은 정말 밝고 아름다웠다. 50년 만에 처음으로 첫눈을 맞아봤다는 사람, 40년 만에 바다를 처음 봤다는 사람도 있었다. 그들에게 집 밖과 시설 밖은 신세계 그 자체였다. 이렇게 아름답고 신기한 세상인데 집안에만 갇혀서 먹고 자고 잔소리 듣고 하는 게 일상이었다. 그런 삶을 끝내려고 락스를 여러 차례 먹기까지 하다가 고생만 하고 죽지 않았다는 학생. 이런 사람들 앞에서 느낀 건 마음만 먹으면 어디든 갈 수 있는 우리는 얼마나 편안한지 잊고 살지 않는가? 그들도 버킷리스트 중 그림의 떡일 뿐인 여행이 많다. 자동차조차 제대로 탈 수 없는 전동휠체어라서다. 장애인 콜택시가 있어도 등록한 지역 내에서만 가능하다. 바닷가라도 한 번 가면 배차를 맞추기가 힘들어서 몇 시간이고 기다려야 될 상황은 비일비재하다. 비오는 날 장애인 콜택시로 한 약속은 깨지는 게 정해진 일임은 말할 것도 없다.

누구라도 사람을 살릴 수 있다.
그랬구나라고 공감해주는 것 하나로 심리적 cpr이 가능하다.
-정혜신 정신과 전문의 박사

평생교육 시범연구 사업인 새로운 사업을 하게 되었다. 새로운 과정 편성을 하고 수준별로학생을 배정했다. 나는 학생들에게 제일 필요한 것이 무엇인지 생각해 왔다. 6개월이 넘는 기간 동안에 항상 학생들에게 것이 무엇인지 상담해보고 지켜보면서 느낀 것은 자존감과 공감수업이 필요하다고 생각했다. 시민참여라는 사회성 향상 프로그램과 자존감 수업을 위주로 나는 어떤 사람인지에 대해서 생각해보는 시간을 가졌다. 교육 과정은 교재를 토대로 유튜브와 시청각자료로 구성하였다.

"누구든 살만 한 가치가 있고 어떤 사람도 무시 받을 수 없다. 먼지차별 또한 마찬가지다. 너 자신에 대해서 스스로 안 좋게 생각하면 남들도 다 너와 같이 생각할 것이다. 내 스스로 존중하면 다른 사람들도 너를 존중할 것이다."
- 장애평생교육 시범 연구 자존감 수업 중

　　우리는 우주의 먼지. 먼지라도 우주를 구성하는 일부이고 중요하다. 말보다 보여주기가 더 와 닿는다. 유튜브에서 위대한 장애인들 닉 부이치치와 스티븐 호킹 박사에 관한 영상을 시청하면서 얘기를 나누었다. 닉 부이치치는 팔다리가 다 없지만 지금은 전 세계적으로 유명한 강연자가 되었고 그것을 극복할 수 있었던 것도 가정의 지지가 있었기 때문이다.

　　사회 최소한의 단위인 가정이란 너무 소중한 것이다. 가정이 무너지고 있는 사회인 요즘 학생들은 가정이란 울타리를 아예 가지지 못한 채 태어났고 내가 왜 태어났는지에 대해서 고민조차 할 수 없는 환경이었다. 세상에 모든 아이들이 귀하고 축복받은 채로 태어나는 것은 아닌가보다. 흔한 태명도 없이 태어난 아이들은 가족에게 예쁨을 받지도 못한 채로 아무것도 모르고 방긋 방긋 웃고 있다. 그럼에도 포기하지 않는 사회가 있으니 살아가는 거다.

　우리 모두 불완전한 인간이기에 같이 생활하면서 동화되며 익숙해지는 과정이 있었다. 그들 앞에서 내 상황에서의 불완전함을 내보이는 것도 처음에는 어려웠다. 그들을 보며 내 건강함에 위로를 느끼는 것도 그들에게 미안할 뿐이다. 칠판에 칭찬이라고 써놓고 학생들에게 매일 작은 칭찬을 하도록 노력했다.

　"잘했어요. 좋아요. 다음에 잘하면 돼요. 그랬구나. 고마워요."

　학생들과 나는 위의 말들을 써놓고 입에 배도록 반복했다. 주변 사람들에게 칭찬과 인정을 받을수록 점차 학생들이 공부하는 일에 자신감을 가지는 모습을 보면서 뿌듯함도 느꼈다. 동시에 때론 솔직한 생각과 외모를 가꾸는 나를 닮아가고 있는 많은 사람들을 보면서 부담감도 있었다. 마음이 흔들릴 때마다 다시 마음을 다잡고 부모의 마음으로 진로를 안내하고 조금 더 노력해서 지금보다는 더 나은 생각하며 살수 있도록 한다면 바람이 없었다.

그들은 내가 어떤 일도 할 수 없을 때 생각되는 무기력함을 항상 느끼고 있다는 사실이다. 어떻게 해야 학생들에게 일상의 힘을 실어줄 수 있을지 주말마다 도서관에 가서 공부했다. 장애 당사자와 직원들, 수십 권의 상담, 철학, 교육지도 책에서 자문을 구하면서 알아갔다. 겉모습은 어른이지만 내면아이로 머물러 있는 이에게 필요한 것. 엄마의 따뜻한 지지인 마더링이다. 내게도 커다란 울림이었다. 우리 엄마가 세상을 떠나서 힘들었어도 나를 둘러싼 많은 이들이 나를 지지해주고 있었으니 몰랐던 사실이다. 엄마 같이 항상 지지와 응원해주고 "그랬구나" 라고 인정해주는 누군가가 필요한 것이었다.

그럼에도 불구하고 나를 믿어주는 단 한 사람. 넘어져도 다시 일어날 수 있도록 항상 내 편인 사람의 존재. 그 누구라도 나의 안부를 물어봐주고 밥 먹었냐고 따뜻하게 한 마디 해줄 수 있는 것. 이게 학생들이 누군가에게 바라는 것이다. 지지의 바통터치를 할 심리적 cpr훈련자들.

지지의 기반인 가족이자 나와의 지속되는 끈. 엄마가 된 적은 없지만 내가 받았던 엄마의 사랑을 떠올리며 따뜻한 눈빛을 보내는 것. 교사였던 우리 엄마가 학생들에게 해주었던 모습을 지켜보았던 그대로 우리 학생들에게 해주기. 어렵지만 해야 될 일들. 내게 아이가 생기면 해주고 싶은 것들을 대신 해주기로 했다. 낙심했을 때 도움의 응원과 지지 한 마디면 된다. 자신의 노력으로 변화 할 수 있다는 믿음을 서로에게 보내주는 것이다.

나도 실수투성이인지라 내 실수를 학생들이 이해해주기도 하면서 서로 보완해가며 성장하는 관계. 서로의 믿음으로 학생들과 같이 나는 성숙해졌다. 동정심은 공감이 됐고 차별보다 배려로 변했다.

대학원에서 배우길 강점관점의 기적질문을 배웠다. 좋은 상담이란 자기의 힘으로 자기도 모르게 원래 힘이 있던 사람처럼 변화했다고 믿는 것. 그것이 진짜라고 믿는다. 대신 내담자는 상담자가 자신에게 뭘 도와준지 모른다. 내담자 스스로의 힘으로 문제 해결한 거라 믿는다. 진정한 자립이다. 그래도 괜찮다. 앞으로 살아갈 이유와 작은 힘이 생겼다면 이제 잘 살수 있으니까. 느리지만 변화는 일어난다. 내가 장애학교에 있는 동안 담배 냄새가 나던 학교는 향기 나는 곳으로 바뀌었다. 오래된 컴퓨터도 단체농성 끝에 구청에서 지원받았다. 학교를 다녀간 사람들에게 눈에 보이는 미소가 많아졌으니 그것으로 충분하다. 웃음은 신도이긴다고 하지 않던가!

계속되는 번아웃증후군 그 후

　　처음에는 의욕 넘치게 학생들과의 소통이 신기하고 재미있었다. 점점 출근 전, 퇴근 후, 주말에도 수시로 업무와 관련된 사람들에게 전화와 문자가 왔다. 때로는 학생이 휴일이나 퇴근 전후에 개인 사정으로 내게 연락을 하기도 했다. 강의실에서는 학생과 활동 지원사, 대면 문의와 전화, sns로도 업무의 연속, 5분도 가만히 앉아서 교육팀장 역할 행정 일을 할 수 없었다. 자꾸 소소한 많은 일들 계속 생겨서 구멍이 자주 생겼다. 한 가지 일에 집중이 안 되고 정신 집중이 안됐다.

　　"괜찮지 않을 때는 그렇다고 말해줘요."
　　"괜찮아요."

또 하는 거짓말. "힘들겠어요." 라고 말해주는 사람들에게 대답하는 내 가면 섞인 말. '진짜 난 힘들다고 얘기해도 되는 상황인거지?' 이제야 하는 혼잣말. 막상 정신없이 일하고 나면 착한아이 콤플렉스처럼 힘들지 않다고 되뇌곤 했다. 교육과 돌봄과 노동의 경계선상에서 내 신체와 정신건강은 제대로 챙길 수 없었다. 일로 하루를 하얗게 불태우고 집에 오면 쓰러져서 아무것도 할 수 없었다.

번아웃증후군은 수개월의 업무 적응 후 새로운 사업이 시작되던 6개월 차부터 항상 있었다. 장애인의 평생교육서비스는 행정업무와 현장직의 복합이어서 항상 정신이 없었다. 2명이 나눠서 해야 할 일을 1명이 하고 있으니 오죽할까. 입사할 때부터 육아 휴직한 직원의 몫까지 떠안았다. 그런데 몇 달 뒤 기존사업보다 더 큰 규모의 사업을 추가로 한다고 위에서 통보했다. 나는 시청사업과 국가연구사업의 두 역할을 겸직하게 되었다. 담당자 1명이 더 필요한 일인데 사람이 더 필요한가! 라는 상사와의 대립 속에 겨우 사업 시행 직전에 겨우 직원을 새로 뽑았다. 근데 그 직원은 장애 쪽은 처음이라 자신이 없다며 사전 회의 하는 중 도망가 버렸다. '나도 처음이었는데. 여태 노력하고 배워가고 있는데….' 절망했다. 추가사업을 진행하기 위해 밤낮 주말에도 일지와 강의안을 작성하며 혼자 울기도 했다. "힘들어도 끝까지 힘내서 다 해내야죠. 그럴 수 있도록 도와줄게요. 화이팅! 기도할게요."

중도에 그만하고 싶었던 그 때 나를 잡아주었던 봉사자 교도관님의 말 한마디다. 이 말에 힘을 얻어 연구교육사업에서 많은 기관 중 외부상도 많이 받고 가장 좋은 성과로 발표회로 잘 마무리했다.

퇴사할 때가 되어서야 관리자들은 여러 사람들에 치여 정신없는 내 업무환경을 이해한 듯했다. 급기야 퇴사 후에는 전화에 질려서 전화 포비아가 생기고 말았다. 전화가 오면 불안감에 갑자기 가슴이 두근두근 뭐에 쫓기는 사람처럼 무서웠다. 문자나 SNS가 불안감은 덜 생기니 되도록 전화는 피하고 문자로 대화했다. 가슴이 답답하고 손으로 펜을 쥘 수 없을 정도로 힘이 빠졌다.

퇴사 전 6개월 동안은 비염은 차차 축농증으로 심해

졌다. 1달에 1번 연차 내는 날은 감기나 병으로 인한 병결이었다. 항상 약봉지는 내 책상 위에 있었다. 6개월간의 추가된 연구수업이 끝나가던 12월에는 39도의 고열이 3일이나 지속됐다. 알 수 없는 복통에 가만히 있어도 칼로 찌르는 듯한 통증이 지속됐다. 병원에 종합검진과 2차 검진을 했다. 검진 받는 날도 업무연락이라니! 검사 결과를 보러 가기 전까지 가족력이 있어 큰 병은 아닐까 가족 모두 안절부절 이었다. 다행이 과민성대장 증후군이 심하다는 진단이었다. 검진을 마치고 돌아와서도 지속되는 기침에 마스크는 항상 쓰고 다녔다. 사무실만 들어가면 가슴이 답답하고 목이 잠겨왔다. 신기하게도 사무실을 나오면 증상이 조금 나아지곤 했다. 업무중심인 일터에서 개인의 병은 업무의 지장일 뿐 일말의 걱정 거리도 아니다. 정신과 몸이 다 소진되어 휴식이 필요하다. 퇴사 1-2달 후 누워 있다가 겨우 몸을 회복했다.

고작 장애기관의 교육 일을 한지 1년도 안되었지만 현장의 상황을 잘 아는 전문가로 불려 다니며 각종 회의에 참여했다. 아무리 바빠도 일하는 동안에도 국

립특수교육원에서 주관하는 장애영역별 교재 개발과 온라인 교육기획 제안 검토 등의 전문가 회의와 토론을 항상 참석하여 의견을 냈다. 차차 의견들이 반영되어 실제 교육현장에서 적용할 수 있는 교육 자료와 환경을 만들기 위한 노력이었다.

통계와 이론만 다루는 연구실의 연구자들은 현장감이 떨어지기 마련이다. 연구실이 아닌 학교가 연구현장이고 생생한 결과가 나오는 곳이다. 현장감 있는 내용을 논문에 담기 위해 하던 공부를 중단하고 현장 일에 하게 된 이유이기도 했다. 틀에 박힌 논문보다 장애당사자 1명의 이야기에 귀 기울여 듣는 중에 더 많은 실천전략이 나오기도 한다. 수많은 연구문제를 갖고 있는 연구대상이 가득한 곳이다. 마치 깊은 바다에서 빠져 허우적거리다가 바다 밑바위 사이에 반짝이는 보물을 찾은 것 같은 그런 느낌. 딱딱한 논문보다 현실감 있는 이야기형태가 전달력이 더 강할 수도 있겠다 싶어 글을 쓰기로 했다. 근무 중에도 강의와 타 지역에서도 신규 학생 입학 문의가 왔지만 지금 인원만으로도 너무 바빠서 추가입학자 허용과 타기관 강의는 할 수 없었다. 5

명 당 1명의 선생님이 필요하지만 10명이 넘는 학생을 혼자서 담당하기에는 벅차다.

　퇴사 후에도 강의 의뢰가 있었지만 생각지도 못한 역병 코로나로 인해서 교육장은 임시 폐쇄. 강의를 재개할 수 없었고 수업을 계속할 수 있을지 나의 고민도 깊어졌다. 그러던 중 장애교육연구 사업의 현장 실무 자문으로 참여해 달라는 의뢰가 있어서 장애교육 현장 경험자로서 경험과 교육, 노동환경에 대해서 얘기할 수 있는 좋은 기회도 있었다. 내가 필요한 곳에 가는 것이 나의 소명이자 책임인 것이다. 나의 일은 사람을 살리는 일인가? 타인에게 어떤 가치가 있는가? 계속되는 나의 질문이다.

　장애와 가까워진 사회다. 사회적 책임과 집단지성이 사회를 변화시킬 수 있는 원동력이라고 생각한다. 혼자보다 많은 사람들이 같은 마음일 때 더 변화의 속도가 빨라지고 깊이는 깊어진다. 중도에 포기하지 않도록 연대의 중요성을 알았다. 지속할 수 있는 힘인 저변의 분노와 원동력이 있다면 성장과 변화는 가능할 것이다. 사회적 가치가 멀고 원대해 보일지 몰라도 우리 눈에 보이는 아주 작은 변화부터 시작이다. 사소해보이지만 사소하지 않은 그 일들이 있는 길은 누구나 알 수 있는 큰 길로 가는 통로다. 나의 생각과 기억을 이 페이지에 남긴다. 내 한 쪽에서의 의견은 치우쳐질 수 있으나 다른 한편의 의견이 논의되고 앞으로 나아가기 위한 발판을 마련하는 기반이다. 정말 눈물이 그렁그렁 가슴이 시리고 벅차던 많은 일들이 있었지만 기록을 다 남기지 못했다. 학생신분으로 돌아가 숙제처럼 글을 쓰며 기억 속에서 하나 하나 꺼내가면서 추억을 되새길 수 있었다. 아직도 짧은 그 시간동안 못다 한 이야기들을 기록하기 위해 한 페이지씩 채워가는 중이다.

에필로그 : 도움 주셨던 천사들

　　다수의 봉사자들과 강사들이 여러 모로 도움을 많이 주셨다. 천사들이다. 그 사람들이 없었다면 내 임무를 끝까지 마치지 못했을 것이다. 깊은 바다 속에서 허우적 거리며 고민하던 나를 한 손으로 잡아서 때마침 육지로 끌어당겨 주었다. 같이 일하던 많은 장애기관 직원들, 친해진 봉사자 몇 분은 일이 쏟아질 때 혜성처럼 나타나서 해결사가 되셨다. 새로운 사업을 할 때는 시카고에서 1달 전부터 봉사 신청을 미리 하고 인턴처럼 도와준 대학원생 봉사자, 학생들의 과학수업이 없어서 고민하던 차에 와주신 과학 교수님 봉사자.

　　"산재야 산재. 여기만 오면 아프니까. 허허." 업무가 너무 많아서 힘들 때 전화 한통 하면 달려와서 슈퍼맨처럼 도와주시던 봉사자 교도관님이 농담처럼 나를 위로하던 말이었다. 아직도 내 복귀를 기다리신다. 도와주러 어디든 오시겠다고. 너무 감사하다.

마지막으로 나의 노력을 조금이라도 알아주는 학생들 덕분에 일을 잘 마무리할 수 있었다.

"선생님, 보고 싶어요. 언제 오세요? 이제 안 오세요?"

수화기 너머로 귓가에 들리는 학생의 목소리, "자서전 마저 같이 써야죠."

"재충전하고 갈게요."

있는 그대로 그냥 사랑해주기. 어렵지만 그것이 기적교육의 답이다.

에필로그

유인숙

술과 사람에 대한 이야기를 쓰면서 아이러니하게
도 내내 술을 한 번도 마시지 않았다. 4주간의 짧은 기간
이었지만 나름 매주 마감의 압박에 시달린 것 같다. 마
지막 원고를 보내고 어떤 술을 마실까 행복한 고민을 한
다. 찬장에 양주를 꺼내 잘그락 얼음을 담아 온 더 락으
로 털어 넘길지. 집 앞 편의점으로 달려가 4캔에 만원어
치 맥주를 사서 벌컥벌컥 들이 키며 캬~ 머리까지 찡해
지는 차가움에 몸서리를 칠지. 아니면 뜨끈한 어묵탕을
끓여 소주를 한 잔 마실지. 사실 뭐든 좋지만 이 행복한
상상은 조금 더 즐기기로 한다.

이 책을 쓰면서 새삼 깨달았다. 내 인생의 관계는 대
부분은 술과 함께 해왔다는 것을. 여기 모인 글들은 '술'
을 떠올렸을 때 가장 먼저 떠올랐던 사람들과의 이야기

다. 내 글의 뮤즈가 되어준 M, S, K, D, B, 그리고 부모님 께 감사의 인사를 전하고 싶다. 그 외에 책에는 등장하지 않았지만 나와 함께 술을 마셔 준 수많은 술친구들에게도 안부를 전한다. "술 한 잔 하자"

안혜림

글을 쓰는 시간은 생각보다 고되고 힘들었다. 하지만 내가 정말로 여행에 대해 하고 싶은 이야기가 무엇인지 깊이 고민하고 마주할 수 있었던 시간이었다. 여행이 내게 삶의 중요한 가치를 알려주었다면 '책 쓰기'는 그것들을 조금 더 깊이 바라볼 수 있는 기회를 준 것 같다. 이 책은 마침표를 찍었지만, 못다 한 여행 이야기들은 또 다른 페이지에 채워질 수 있기를 꿈꿔본다.

장은정

후기로 짧은 편지를 써봅니다.

나의 남자친구에게.

덕분에 멋진 책이 나오게 된거같아. 처음 내 원고를 읽다가 혹시 헤어지자는 말을 책으로까지 쓰고있냐고 했던 네 말이 떠오르네. 절대 그런 마음은 없으니 부디 오해하지 말아줘. 다이아반지와 함께 프러포즈한다면 언제든 받아줄게. 사랑해!

장시온

무언가 끄적거리는 걸 좋아했지만 글쓰기를 배우지 않아서 또 관련학과를 나오지 않았다는 핑계로 글을 쓸 용기가 없었던 제가, 출간 작업을 하며 배우고 때론 칭찬도 받으면서 지속하여 글을 쓸 수 있는 용기가 생겼습니다. 글감을 생각하며 기억을 더듬기도 추억에 잠기기도 하며 이 글을 읽을 누군가를 생각하고 행복했습니다. 이 행복했던 기억들을 잊지 않고 앞으로도 활자 속을 헤엄치며 살아가는 글쟁이가 되고 싶습니다. 함께 웃고 고민하던, 이제는 작가님들이라 불러야 할 이 책을 집필하고 완성한 우리들. 그리고 사랑하는 사람들에게 감사를 전합니다.

최다솔

◇
◇
◇
◇
◇

책은 글모음 집이 아니었음을 깨달은 출간이었습니다. 책을 쓰겠단 동기는 그동안 내가 쓴 짧은 것들을 묶어 내겠다는 가벼운 생각이었습니다. 쉽게 본 과거의 나를 반성합니다. 에세이, 수필 책 읽는 것을 좋아해서 초고도 뚝딱 만들어지는 줄 알았습니다. 아닙니다. 초고를 쓰기까지 많은 시간을 투자하여야 함을 배웠습니다. 필력을 과신하여 초고를 쓰면 작업이 끝나는 줄 알았습니다. 초고를 다시 읽으니 문장의 주어와 서술어조차 맞지 않는 상태에 충격을 받았습니다. 글을 쓰는 만큼의 수정 시간을 거쳐 출간하니 겸허해집니다. 그런데도 고통의 시간을 지나 책으로 나오는 것이 즐겁습니다. 그렇기에 글을 계속 쓰고 싶습니다. 출간에 함께해주신 모든 분에게 진심으로 감사합니다. :)

김주희

이 글을 쓰며 많은 고민이 있었다. 나의 이름, 내가 살아온 많은 이야기를 밖으로 끄집어내기가 힘들었다. 수많은 사람 앞에 발가벗겨지는 기분이 들어 끝까지 고민의 고민을 거듭했지만, 우리 책쓰게5기 회원들의 응원에 힘입어 과감하게 나 자신을 내려놓기로 했다. 과거의 나를 부정하고 외면하는 것이 아니라, 나 자신을 있는 그대로 바라보며 한 걸음 더 내딛기로 했다. 나의 인생 2막 화이팅!

아픔과 상처를 지니고 살아가는 많은 이에게 따뜻한 위로는 아니더라도 힘을 주는 글이기 바라며, 부족한 글로 상처받지 않았으면 좋겠습니다.

2020년 12월 특별한 한 해의 마지막을 보내며

레서판다

정말 많은 기억을 끄집어내면서 재구성하느라 다시 그 시절로 돌아간 것 같은 기분이었습니다. 아직 더 많은 에피소드들이 제 머릿 속에 남아 있어서 중요한 이야기들을 꼭 꺼내서 독자들과 이야길 나누어 보고 싶습니다.

첫 책을 같이 쓰며 좋은 아이디어를 공유했던 모든 구성원들에게, 또 알게 모르게 내 곁에서 지지해주는 가족과 많은 사람들에게, 앞으로 관계를 맺을 사람들에게 미리 감사합니다. 다음에 또 좋은 글과 모임으로 만나기를 기대합니다. 그 때까지 모두 건강하고 지금보다 더 찬란한 날들을 보내기를 기원합니다.

괜찮지 않을 때는 그렇다고 말해줘요

초판 1쇄 발행 2021년 1월 20일

지은이   유인숙 • 안혜림 • 장은정 • 최다솔 • 장시온 • 김주희 • 레서판다
발행처   키효북스
펴낸이   김한솔이
디자인   김효섭
주 소   인천시 부평구 부평대로 165번길 26, 1층 출판스튜디오 쓰는하루(21364)
이메일   two_hs@naver.com
블로그   https://blog.naver.com/two_hs
인스타그램 @writing_day_

ISBN 979-11-970848-1-2